KB233017

조선시대 여성시인 연구

조선시대 여성시인 연구

조 평 환
박 혜 숙 著

책을 내면서

　여성들에게 있어서 조선시대는 어둡고 긴 터널과 같은 시대였다. 자식을 낳아 가문의 대를 잇게 하는 역할이 여성들의 가장 소중한 책무였으며, 책을 읽거나 시를 짓는 일과 같은 문화활동은 여성들이 넘나볼 수 있는 바가 아니었기 때문에, 사실상 정신활동을 금지 당한 것이나 다름이 없었다.

　그러나 조선왕조 전시기가 다 그러했던 것은 아니다. 임진왜란이 일어나기 전까지의 조선시대는 주자학적 통치이념으로 사회적인 틀을 완성하기 위해 노력을 기울이던 때이므로, 아직 고려시대부터 전해 내려오던 생활 습속이 많이 남아 있었으며 여성들에 대한 차별의식도 별로 심하지 않았다. 특히 허난설헌이 생존했던 시기는 조선의 문운이 크게 감돌던 문치시대였으므로 삼당(三唐) 시인과 같은 격조 높은 시인들이 활약할 수 있었고, 더러는 여성 문인들도 빛을 일굴 수 있었던 것으로 보인다. 허난설헌과 비슷한 시기에 매창, 황진이, 홍랑 등과 같은 유명한 여성 시인들이 시를 썼다는 사실들이 이를 잘 방증해 주고 있다.

　지금까지 대부분의 연구자들이 허난설헌을 시대를 거스르며 글을 '써서 자신을 세운 페미니스트로 평해 왔던 것이 사실이다. 그러나 이러한 관점은 조선시대 전체를 여성들이 천대받았던 시기로 단정했기 때문에 나온 결과로 보아야 할 것이다. 그렇지 않다면 어떻게 허난설헌이 어려운 한시를 배울 수 있었으며, 오빠 허봉의 친구인 손곡 이달을 스승으로 삼을 수 있었겠는가? 이는 양천 허씨 가문의 개방성, 사고의 자유로움 같은 가풍이 뛰어난 문재를 지닌 난설헌의 글공부를 허용하고 적극 도와주었기 때문에 가능했던 것으로 보인다. 더군다나 이달은 아버지는 사대부였지만 어머니는 미천한 기생 출신으로 서얼태생임에도 불구하고 허씨 형제들과 교류를 하고 난설헌의 시 공부에도 도움을 줄 정도였으니, 허씨 집안의 분위기를 짐작하기란 별로 어려운 일이 아니다.

뿐만 아니라 난설헌의 오빠 허봉은 누이에게 두보의 시집을 선물하고, 〈송필매씨(送筆妹氏)〉라는 시를 지어 누이에게 주기도 하였다. 그리고 난설헌을 신선 나라에서 보내준 글방 벗이라고 칭송하며 후원하고 격려했던 글들이 허균의 문집에 실려 전하고 있다. 이와 같은 사실들로 미루어 보아 난설헌은 마음껏 공부하고 시를 익히고 쓸 수 있는 천혜의 환경 속에서 성장했던 것으로 보인다. 그러나 결혼 후 시어머니와의 갈등, 남편과의 불화, 어린 자식들의 죽음 등 불행의 골이 깊어 결국 27세의 젊은 나이로 생을 마감했다.

양반가의 여성 문인으로서 또 한 명의 출중한 인물을 꼽자면 강정일당을 들 수 있을 것이다. 이 책에서는 허난설헌과 함께 조선 후기 여류문인 강정일당의 시와 산문에 대하여 고찰하였는 바 그 개요를 살펴보면 다음과 같다.

조선 후기는 전기에 비해 여성에 대한 차별이 극심했던 것이 사실이다. 그러나 조선 후기도 실학사상이 받아들여진 이후부터는 다소 변화의 조짐이 있었던 것으로 알려지고 있다. 특히 18세기 후반에 이르러서는 일부 양반가의 규수들이 출가하기 전에 어느 정도 한문 공부를 했던 것으로 알려지고 있는데, 강정일당도 그러했던 것으로 전해지고 있다.

강정일당은 결혼 전에 이미 漢文을 공부하고 書藝도 어느 정도 익혔던 것으로 알려지고 있다. 그러나 본격적으로 儒教의 經典을 탐구하기 시작한 것은 30세가 다 되어서부터였다고 한다. 그리고 강정일당은 性理學의 哲學的 探究를 통해, 여성도 본질적으로 남성과 다를 바 없으며 학문과 덕성수양을 통해 堯임금이나 舜임금과 같은 성인의 경지에도 도달할 수 있다는 강인한 자아의식을 성취했던 것으로 알려지고 있다. 뿐만 아니라 강정일당은 여성으로서의 직분을 다하면서 성현의 經典에 대해서도 침잠 연구하여, 마음을 수양하고 몸을 닦는 요령을 터득하였으며, 일을 처리하고 사람을 접대하는 방도가 정통 儒教의 바른 法度에서 조금도 벗어나지 않았다고 한다.

강정일당은 평생 동안 학문을 독실히 탐구하고, 천지와 사람의 이치를 궁구하고, 성품과 天命의 근원을 밝히는데 주력해 왔던 것으로 알려져 있다. 그렇지만 학문의 진전이나 문학적 업적보다도 심성수양과 도덕적 실천을 더 중시했다는 평가를 받아

왔다. 그래서인지 가정에서의 애환이나 그리움 자연의 풍광 등을 다룬 당시 여성 문인들의 詩·文과는 달리, 강정일당의 詩·文은 대부분 修身과 窮理에 역점이 두어져 있고, 낭만적이거나 서정적인 요소는 거의 찾아 볼 수 없는 것이 사실이다. 그 때문에 당시 선비들도 강정일당의 人品과 文才를 높이 평가하였을 뿐만 아니라, 文集을 편찬함에 있어서도 많은 성원을 보냈던 것으로 보인다.

따라서 正祖~純祖時代에 걸쳐 행적을 남긴 女性 儒學者이며 文人인 강정일당의 詩·文에 관한 연구는, 조선 후기 儒學의 여성계 보급과 여성들의 학문 활동 및 의식변화 등을 파악하고 이해하는데 기여할 뿐만 아니라, 한국 漢文學史의 새로운 장을 열어나가는 데에도 나름대로 기여할 수 있을 것으로 기대한다. 그리고 그간 한국 漢文學史를 서술함에 있어서 여성 문인들의 경우 언급조차 하지 않고 지나치거나 경시해 왔던 것이 사실인데, 才德을 겸비하고 知行을 함께 닦은 여성 지식인일 뿐만 아니라, 여성 儒學者요 文人으로서 그 행적이 출중한 강정일당을 계기로, 한국 女流文學의 입지를 새롭게 정립시켜 나갈 수 있을 것으로 기대한다.

허난설헌과 강정일당이 조선조 양반가의 여성을 대표하는 문사였다면, 이 책에서 다루고 있는 매창, 황진이, 이옥봉은 기방문학으로서 한국문학의 한 부분을 풍요롭게 한 대표적 여성 시인이라고 할 수 있을 것이다. 우리 고전문학사에서 여성들의 문학은 그 수가 많지 않다는 점이나, 작가 신분이 기방의 여성들이 대부분이었다는 점에서 특별한 성격을 지닌다. 조선 시대는 여성들에게 공부를 권장한 시대가 아닐 뿐만 아니라, 오히려 여성이 글을 쓰고 읽는 것을 부정적인 시각으로 보던 때였기 때문에 이들의 공부는 어깨 너머 공부였다고 볼 수 있다.

　이런 환경 속에서도 여성 문학으로서 한시나 시조를 창작하며 우리 문학에 색다른 윤기와 감성을 불어 넣은 기녀 신분의 기방문학(妓房文學)은 더욱더 특별한 위치에 있다. 이들의 문학은 일반 부녀자들의 문학이라고 할 수 있는 규방문학(閨房文學)과 달리 그들 신분에서 오는 독특한 감수성이 기방문학의 한 특징으로 자리 잡게 된 것이다. 기녀의 신분은 천인계급에 속하지만 그들은 다양한 남성들을 상대할 수 있는 직업인이었기 때문에 그 시대의 다른 여성들과는 달리 자유로운 활동과 사고를 지닐 수 있었다. 유교적 이념과 신분적 억압의 틀을 벗어날 수 없어서 체면을 중시하던 양반들의 문학에 비하여, 자유분방한 사고를 거침없이 작품 속에 담을 수 있었던 것은 기녀라는 천한 신분이 주었던 아이러니가 아닐 수 없다. 이러한 그들로부터 나온 시들은 기다림과 그리움이라는 공통된 주제로 한국문학의 한 부분에 자리 잡는다. 엄격한 유교사회에서 이러한 정서가 거리낌 없이 표출될 수 있었던 것은 기녀라는 특수한 신분의 자유로움 때문이었을 것이다. 그리고 이 자유로움이 우리문학을 더 한층 풍성하게 만들었다는 사실은 또한 아이러니가 아닐 수 없다.

한국문학사를 풍요롭게 장식한 여성문인 연구를 엮게 되어서
기쁘며 앞으로도 필자들은 조선시대 여성문인들에 대한 꾸준한
관심을 갖고 연구를 진행하고자 한다.

2005년 5월

조평환·박혜숙

차 례

허난설헌 연구

강정일당(姜靜一堂)의 시와 산문

조선시대 기방시인 소고

참고문헌

허난설헌 연구

1. 들어가며

허난설헌은 조선 명종 때 대사성과 대사간, 홍문관 부제학을 지낸 허엽(許曄)의 여섯 남매 가운데 다섯 번째로 태어났다. 그는 허균의 누이라는 점으로도 많은 사람들의 관심을 끌만한 인물이지만, 그의 문학 또한 많지 않은 조선조 여류 문인 가운데 늘 화제의 중심이 되었다. 선조 때 최고의 문장가였던 허균은 자신의 가문과 누이에 대한 자랑을 다음과 같이 말했다.

> 선대부의 문장과 학행, 절행이 사림에서 높이 평가되었다. 큰형이 경전을 전해 받았고, 문장도 간략하면서 무게가 있었다. 작은 형은 학문이 넓고 문장이 매우 고고하여 근래에는 견줄 사람이 드물다. 누님의 시는 더욱 맑으면서 씩씩하고 높고 아름다워 중국에서까지 전파되어 칭찬을 받았다. 나도 문의 명성을 깨뜨리지 않아서 문예를 논하는 사람들 가운데 이름이 나있고 중국인들에까지 제법 칭찬을 받는다."[1]

위와 같은 허균의 자랑은 당시 사람들에게도 인정받던 것이었다. 허난설헌이 요절한 후 동생 허균이 서애(西厓) 유성룡(柳成

---

[1] 許筠, 『惺所覆瓿藁』 권24, (『허균전집』, 성균관대 대동문화연구소, 1981).

龍)에게서 누이의 시집에 실을 발문을 얻었는데 그 내용 가운데 "어찌하여 허씨 집안에 뛰어난 재주를 가진 사람이 이렇게 많단 말인가"[2]라고 허씨 집안과 난설헌에 대하여 감탄할 정도였다.

　재주가 많은 집안 형제들 사이에서도 난설헌의 총명함은 익히 널리 알려져 있었다. 당당하게 자신의 이름 초희(楚姬)와 난설헌이라는 호와 경번(景樊)이라는 자를 가졌던 난설헌처럼 세상에 자신을 알릴 수 있는 여성이 드물었던 시대이기에 그의 이름이 빛날 수 있었을지 모른다. 그러나 후대에 내려올수록 고루한 조선 선비들의 비아냥 섞인 평가에도 불구하고 홀로 중국 대륙에서 널리 알려질 수 있었던 것은 오직 이백 십 수 편에 이르는 작품들 때문이었다고 말하지 않을 수 없다. 허균도 누이 허난설헌을 이렇게 칭찬한 바 있다.

> 누님의 시와 문장은 모두 하늘이 내어서 이룬 것들이다.
> 〈유선시〉(遊仙詩) 짓기를 좋아했는데 시어가 모두 맑고 깨끗해서 사람의 솜씨가 아니라 할만하다. 또한 문장이 기이하게 뛰어났으며, 그 중에서도 사륙문이 가장 아름다웠는데, 〈백옥루상량문〉이 세상에 전한다. 작은형이 일찍이 이렇게 말씀했다. 경번의 글재주는 배워서 얻을 수 있는 힘이 아니다. 대체로 이태백과 이하가 남겨놓은 글이라고 할만하다."[3]

---

2) 柳成龍, 『西厓集』, 〈跋蘭雪軒集〉.
3) 許　筠, 『學山樵談』卷7.(『허균전집』, 성균관대 대동문화연구소, 1981).

허균이 임진왜란으로 강릉에 피난하여 지었던 책인 『학산초담』에서 위에 밝힌 바대로 난설헌은 이미 어린 시절에 신동이라는 소리를 들었다. 그가 여덟 살 때 지었다는 〈광한전백옥루상량문〉은 여덟 살이라는 어린 나이에 그런 글을 쓸 수 있을까 의문이 들 정도의 글이다. 탁월한 재주를 갖고 있음에도 불구하고 27세의 나이로 요절한 난설헌에 대하여 신비감을 갖고 있던 중국 문인들이 지어낸 이야기일지도 모른다. 심지어 중국의 명나라 제갈원성이 지은 『양조평양록』(兩朝平壤錄)에는 일곱 살에 지었다는 기록이 있다. 이 책의 간행이 1606년이며, 『난설헌집』이 나오기 전의 기록인 것으로 볼 때 그 무렵까지도 허난설헌의 〈광한전백옥루상량문〉이 유명했다는 것을 알 수 있다. 그럼에도 불구하고 허난설헌이나 허균이 생존해 있을 때는 난설헌의 시에 대하여 시비가 없던 조선의 학자들이 후에 트집을 잡기 시작했던 것을 상기해 본다면 허난설헌의 재주를 제대로 보았던 중국 문인들과 비교가 되지 않을 수 없다. 심지어는 위의 『학산초담』에 〈광한전백옥루상량문〉을 허균이 누이의 작품이라고 했는데도, 이수광은 『지봉유설』에서 허균과 이재영이 지었다는 근거 없는 말까지 하고 있다.4) 허균이 『학산초담』을 지었던 시기가 1593년으로 그의 나이 25세 때였는데 그 때 이미 이 세상에 널리 알려져 있었다는 것은 『학산초담』의 기록으로서도 알 수 있다. 어린 나이의 여자가 지은 화려함과 기백이 깃들여

---

4) 李睟光, 『芝峰類說』, 권14.

있는 사륙체의 이 글은 사람들에게 허난설헌이 여신동이라는 찬사를 받을 수 있을 정도의 작품이었기 때문에 세상에 알려져 전해왔던 것이다.

이처럼 허난설헌이나 허균의 활동 당시에 있었던 난설헌에 대한 높은 평가가 이후 부정적인 평가로 바뀌게 되는 것을 크게 두 가지 이유로 추정해 볼 수 있다. 첫 번째는 허균의 정치적 실각에 따른 집안의 몰락 때문이고, 두 번 째는 조선사회가 임진왜란 이후 더욱 강화된 주자학적 이념이 정치와 사회제도 속에 고착화되면서 여성의 사회적 지위가 급격하게 떨어지게 되었던 때문이라고 볼 수 있다. 소위 "여자는 그릇 한 죽을 셀 줄 몰라야 복이 많다"라는 여성 천대의 인식이 팽배해지던 조선 중·후기 이후는 고루한 조선의 학자들에게 허난설헌과 같은 인물은 여성으로서 주제넘은 존재 정도로 생각하기 시작했던 것이다. 대체로 허씨 남매가 살던 시대를 지나서야, 아니 허균의 죽음 이후 수 십 년이 지나서야 허난설헌 문학에 대한 깎아 내리기가 시작된 것 등을 통해서 이러한 사실들을 알 수 있다.

『지봉유설』을 지은 이수광의 경우 광해군의 인목대비 폐비 사건과 관련하여 이이첨, 허균 등과 정치적 대립에 서 있었으므로 허씨 집안에 대해서도 좋은 감정이 없었을 것이다. 그러나 후대의 인물 남용익(南龍翼 1628~1692) 같은 사람은 『시화총림』에서, "내가 홍문관에서 한 권의 중국 책을 보니, 책명이 '긍사(亘史)인데 끝부분에 『난설헌시집』을 모두 싣고 적선(謫仙:이태백)에까지 비교하였다"고 한다.5) 이처럼 허난설헌에 대한 평가가 서로 다른 것은 그의 문학에 대한 본질적인 평가보다도 허씨 집안의 정치적 위상 변화와 관계가 있기 때문이기도 했다.

조선조 말 1910년 일본에게 나라를 빼앗기자 절명시를 남기고 순국했던 매천(梅泉) 황현(1855~1910)은 그의 저서『매천집』에 다음과 같은 시를 남겼다.6)

三株寶樹草堂門
第一仙才屬景樊
料得塵寰難久住
芙蓉凄帶月霜痕

초당 가문의 보배로운 세 그루 나무
첫 번째 신선의 재주를 가진 이는 경번이라네
티끌의 속된 세상 오래 살기 어려웠음인가
쓸쓸한 연꽃에 서릿달만 비추고 있네

초당 가문의 보배로운 세 그루 나무란 허봉과 허균, 그리고 허난설헌을 비유한 것이다. 이 가운데서도 신선과 관련된 '유선시'를 많이 쓴 난설헌의 재주를 제일이라고 평하면서 일찍 죽은 것을 안타깝게 여기고 있다. 그러나 매천 황현 이전 허난설헌에

---

5) 허미자,『허난설헌연구』, 성신여대출판부, 1984, p.134.
6) 黃 玹,『黃玹全集』,〈讀國朝諸家詩〉.

대한 조선조 대부분 선비들의 평가는 우호적이지 못했던 것이 사실이다. 그만큼 난설헌의 시는 오랜 세월을 기다리며 제대로 평가 받을 수 있는 시대를 기다려야 했다. 규중에서 남편 뒷바라지 하면서 살림이나 해야 할 여성이 남성보다 더 많은 시와 더 훌륭한 작품들을 남겼다면 그것은 조선시대의 정신을 지배하던 유교적 가치로 판단할 때 결코 바람직스러운 현상이 아니었기 때문이다.

이 글에서는 이러한 허난설헌의 생애를 함께 짚어보면서 그의 문학 본질적 가치가 무엇인지, 그의 문학의 표절시비는 과연 정당한 것인지 등에 대하여 말해보고자 한다.

2. 전기적 고찰

허난설헌의 아버지인 초당 허엽은 성품이 너무 강직하고 직언을 좋아했던 것으로 기록되어 있다.[7] 강릉 처가가 있던 고을에서 허엽의 호를 따서 마을 이름이 초당으로 불려온 것은 이러한 초당의 성품을 존경했던 이 곳 사람들의 흔적이라고 할 수 있을 것이다. 강릉에서 허난설헌의 형제들이 태어났기 때문에 이 곳은 허난설헌의 형제들에겐 각별한 추억과 정이 서려있는 외가였다. 그렇기 때문에 임진왜란 때 허난설헌의 동생 허균이 가족들을 이끌고 피난을 갔던 곳도 강릉이었다. 허난설헌의 형제들이 외가와 가까이 지낸 것은 고려시대까지 성행했던 남귀여가혼(男歸女家婚)의 습속이 조선 전기까지도 여전히 남아 있었음을 뜻한다. 또한 이러한 풍속은 남성에 대해 여성이 눌려 살지만은 않았다는 것을 말해준다. 서류부가혼(壻留婦家婚)이라고도 하는 이 제도는 결혼을 한 후 남자가 여자 집에 가서 생활하는 풍속으로 고려시대는 서옥제(婿屋制)라고 했다. 즉 남자가 결혼하면 처가에서 살다가 아이가 자라면 친가로 돌아가는데 이 때 여자 집에서 사위가 살 별채(婿屋)를 마련하기 때문에 생긴 말이다.[8] 요즘에도 쓰이는 장가든다(入丈家)라는 말은

---

7) 〈선조대왕수정실록〉 권 14..

8) 이순구, 〈조선 초기 주자학의 보급과 여성의 사회적 지위〉, 한국

이러한 풍속에서 유래된 말이다. 결혼 후 남자가 여자 집에서 살게 되면 자연히 여성의 발언권이 셀 수밖에 없었을 것이며, 그러므로 여성이 열등한 존재로서 조선 전 시대에 걸쳐 남성과 불평등한 대접을 받았다고 말할 수는 없다. 초당 허엽이 처가인 강릉에서 자식들을 낳았고 그 자식들이 강릉에 대한 특별한 정을 갖고 있는 것이나, 같은 시대의 인물이었던 이율곡이 외가인 강릉에서 태어나 자랐으며, 어머니 신사임당이 아들과 함께 오랫동안 친정집에 머무른 것은 다 위와 같은 혼인 풍속과 관계가 있는 것이다. 허난설헌이 책을 가까이 하고 수많은 시를 쓸 수 있었던 개방적 사고는 이 시대의 여성 지위하고도 관련이 있을 것이다. 조선 전기의 이와 같은 사회적 흐름이 허난설헌과 같은 재능 있는 여자 시인을 탄생시킬 수 있었다고 본다. 이 때까지만 해도 여성이 자신을 내세울 수 있는 사회였기 때문에 허난설헌은 학문을 닦으며 시를 배웠고 시를 통해서 자신을 드러낼 수 있었던 것이다. 그렇기 때문에 난설헌과 그의 시를 페미니즘의 입장에서만 보려하는 것은 난설헌 시의 세계를 너무 좁히는 것에 불과한 것이다.

허난설헌 뿐만 아니라 그의 형제들이 개방적이며 분방한 사고를 지녔다는 것은 여러 가지 문헌 자료의 내용으로 확인할 수가 있다. 그들이 아버지는 양반이었지만 미천한 기생의 아들인 손곡(蓀谷) 이달과 시와 학문을 교류했다는 사실만으로도

정신문화원 석사학위논문, pp, 17~23.

파격적이라고 할 수 있을 것이다. 더군다나 난설헌이 이달에게 시를 배웠다고 하는데, 이것은 둘째 오빠 허봉의 역할이 컸을 것으로 본다. 이들이 공부하는데 허봉은 든든한 후원자이자 스승이기도 했다. 나이로만 보아도 허봉은 허난설헌보다 12년이 위였고, 허균보다는 18년이나 위였으니 그가 먼저 성취한 학문은 동생들을 위해서도 훤하게 밝힐 수 있을 정도였다. 게다가 허봉은 일곱 살에 글을 지을 정도로 명민했으며, 시와 문장으로도 세상에 이름이 알려진 큰 문장가였으니 동생들에게 끼친 그의 영향은 컸을 것이다. 허봉은 난설헌의 시공부도 적극적으로 도왔던 오라버니였다. 그의 문집인 『하곡집』에는 자신이 아끼던 두보의 시집을 누이에게 권하며 두보의 시를 배우도록 배려하는 애틋한 오빠의 마음이 다음과 같이 잘 나타나 있다.

　　『두율』(杜律) 시집 뒤에 누이 동생 난설헌에게 주다
　　이 『두율』 1책은 문단공 소보(邵寶)가 가려 뽑은 것인데 우(虞)의 주석에 비하면 더욱 간명하면서 읽을 만하다. 만력 갑술년(1574년)에 내가 임금의 명령을 받들어 황제의 생신을 축하하러 갔다가 섬서성의 큰 인물 왕지부(王之符)를 만나서 하루가 다하도록 얘기를 나누었다. 헤어질 때 이 책을 내게 주길래 내가 상자 속에 보물처럼 간직한 지 몇 해 되었다. 이제 귀하게 잘 묶어 네게 보여주니 내가 열심히 권하는 뜻을 저버리지 않으면 희미해져 가는 두보의 소리가 누이의 손에서 다시 나오게 할 수도 있을 것 같다.

만력 임오년(1582년) 봄 하곡 쓰다.[9]

누이를 위해서 중국에서 선물 받았던 두보의 시집을 내 놓으며 두보를 공부해보라는 하곡 허봉은 재주 많은 누이 허난설헌에게 시 공부의 길을 가르치고 격려했던 스승이자 오빠임을 알 수 있다.

이러한 자유로운 분위기에서 공부하고 성장한 허난설헌이지만 그의 불행은 결혼과 더불어 시작되었다. 이덕무는『청장관전서』에서 난설헌이 남편 김성립과 이별하고 죽어서 두목지를 따르고 싶다고 했다는데, 어떻게 난설헌이 그런 말을 공공연히 할 수 있었을지 의문이다. 두목지를 빨리 만나고 싶어서 난설헌은 스물 일곱 살의 나이로 세상을 뜬 것일까? 그러나 이런 말은 후세의 사람들이 그저 재미로 만든 말이 아닐까 생각한다. 난설헌을 못마땅하게 생각하여 그의 시를 방탕하다고까지 말한 이수광과 같은 유학자들은 난설헌의 시나 자그마한 일화도 바른 눈으로 보지 않았을 거라는 생각 때문이다. 허균의 역모 사건 이후의 평자들은 더욱 그럴 수밖에 없었고, 조선 중·후기로 내려오면서 시대가 또한 허난설헌 같은 여성을 원하지 않았다. 난설헌의 〈채련곡〉 같은 시가 방탕스럽다 하여 문집에 실리지 못

---

9) 許筠,『荷谷集』,〈題杜律卷後奉呈妹氏蘭雪軒〉. (『허균전집』, 성균관대 대동문화연구소, 1981).

했을 정도니 조선 사회의 고루한 인식이 예술성이나 그 감각을 얼마나 매도했는지 알 수 있다. 가슴 밑바탕에서 우러나오는 정서보다는 틀에 박힌 관념적 세계나 읊조려야 점잖은 선비의 시라고 생각했던 당대의 시 인식 때문에 양반들의 시조만 해도 틀에 박힌 언어들로 문학적 감각과는 거리가 멀었던 것이다.

秋淨長湖碧玉流
荷花逢郎隔水投
蓮子深處繁蘭舟
或被人知半日羞

가을날 고요한 장호는 푸르른 옥처럼 반짝이고
연꽃 우거진 깊은 곳에는 목란배를 매었네
님을 만나 물 건너로 연을 따서 던지고는
행여 누가 보았을까 한나절 부끄러웠네
〈채련곡〉(採蓮曲)

이 시의 내용은 남녀간의 사랑을 담은 연정시이지만 연꽃 따는 이런 시는 허난설헌이 독창적인 발상에 의해서 지은 시라기보다는 누구나 한번쯤 읊어보고 또 써보는 민요풍의 악부시(樂府詩)였다. 이와 같은 〈채련곡〉은 우리 민요에도 영향을 끼쳐 비슷한 내용의 노래가 많이 전해오고 있다.

                저 건너   연당 앞에
                연밥 따는   저 처녀야
                따는 연밥은   내 따주께
                요 내 품안에   잠들어라
                잠들기   늦지는 않아도
                연밥 따기가   늦어간다

〈연밥 따는 노래〉- 예산지방 민요

이런 류의 〈연밥 따는 노래〉는 지방 여러 곳에 퍼져 있는데 대체로 남녀간의 은밀한 정을 담은 비슷한 내용들이다. 아마도 이런 민요는 남녀간의 사랑이 자유롭지 않은 시대 청춘 남녀가 노래로나마 은근한 연정을 풀기 위해 불렀던 민요가 아닐까 생각한다. 하여간 허난설헌이 지어 방탕하다는 비난을 받았던 이와 같은 악부체의 시는 다른 시인들에게도 유행하여 당시 삼당(三唐) 시인 가운데 하나인 최경창이나 이달도 〈채련곡〉 혹은 〈채릉곡〉이라는 제목으로 시를 지었다.10)

사실 허난설헌의 〈채련곡〉 내용처럼 양가집 규수가 연꽃 우거진 곳에서 꽃을 꺾어 님에게 던진다는 행위는 있을 수 없는 일이다. 더군다나 이 시에 나오는 장호(長湖)는 중국 사천성에 있는 호수의 이름이기 때문에 허구의 세계라는 것을 알 수 있다. 그러므로 허난설헌의 많은 시처럼 이 시도 상상 속의 이야기이며, 또한 시를 짓는 사람이라면 한 번씩은 써보는 유행하는

---

10) 조달순 역, 『三唐詩』, 1999.

26

시체였던 것이다.

이런 어이없는 비난이 있었던 것은 남편 김성립과의 불화설 때문이었을지도 모른다. 허난설헌이 결혼했을 때의 나이는 정확한 기록은 없지만 15세 쯤으로 알려져 있다. 안동 김씨 김성립의 집안은 당시 5대째 계속 문과에 급제한 명망 높은 집이었다. 그의 아버지 김첨이 문과에 급제한 후 호당에서 공부했기 때문에 마찬가지로 호당에서 공부했던 난설헌의 작은오빠 허봉과 가까워져 혼담이 오고갔던 것이다.

허난설헌이 결혼한 후 김성립이 젊은 선비들이 모여서 공부하는 곳인 접(接)에 다닐 때였다. 그는 공부하러 간답시고 집을 나가서는 접에서 공부하기 보다는 애첩과 놀기만 한다는 소문이 돌았다. 이 소식을 들은 허난설헌은 남편에게 편지를 써서 보냈다. "옛날의 접은 유능한 사람이 많더니, 오늘의 접은 재주 없는 자만 있다(古之接有才 今之接無才)"라고 써 보낸 편지는 접(接)에 첩(妾)을 의탁해 옛날 접은 공부하는 곳인데 지금의 접은 첩과 노는 곳이라는 속 뜻이 담겨 있다.[11]

그러나 신흠은 다르게 말하고 있다. 그 내용을 옮기면 다음과 같다.

내가 젊었을 때 김성립과 다른 친구들과 함께 집을 얻어서 과거 공부를 같이 했는데, 친구가 "김성립이 기생집에서

---

11) 김용숙, 『이조여류문학연구』, 숙명여대출판부, 1979, p.372.

놀고 있다"고 근거없는 말을 지어냈다. 계집종이 이를 듣고
는 난설헌에게 몰래 일러 바쳤다. 난설헌은 맛있는 안주를
마련하고 커다란 흰 병에다 술을 담아서 병 위에다 "낭군
께서는 이렇듯 다른 마음은 없으신데, 같이 공부하는 이는
어떤 사람이기에 이간질을 시키는가"라고 시 한 구절을 써
서 보냈다.[12)]

이런 내용들을 종합해 볼 때 난설헌이 여성으로서 특출나게
뛰어났기 때문에 많은 소문과 말들이 지어졌던 것 아닌가 생각한
다. 남편이 공부는 안하고 여자들과 놀고 있다는 소문을 듣고 난
설헌이 남편에게 글을 지어 보냈다는 일화는 같지만 지은 글의
내용은 전혀 다르다. 난설헌과 관련된 일화가 부풀려지기도 하고
더러는 꾸며져서 후세 사람들에게 기록되었기 때문일 것이라고
생각한다. 그러나 위의 이야기들에서 공통점은 김성립이 공부를
안하고 기생과 놀기만 했다는 대목이다. 그만큼 허난설헌의 남편
은 학문에 열중하지 않았으며 자질도 또한 높지 않았던 것 같다.
  김성립은 난설헌이 살아있던 생전엔 과거에 급제 못하고 난
설헌이 죽던 해에 문과에 급제했다. 난설헌이 스물 일곱 살에
죽었으니까 과거에 급제할 당시 김성립의 나이도 난설헌과 엇
비슷했을 것이라고 본다. 난설헌의 형제들과 비교해 볼 때 허성
이 서른 다섯의 나이에 문과 급제를 했고, 허봉이 스물 두 살,
허균이 스물 여섯에 급제를 했으니 김성립의 문과 급제가 그렇

---

12) 申　欽 『詩話彙成』.

게 늦은 것도 아니었다. 다만 김성립은 등과한 후 임란이라는 불행한 전쟁의 소용돌이 속에서 전사했기 때문에 입신양명할 기회도 얻지 못하고 젊은 나이로 죽어 큰 이름을 얻지 못했을 뿐이다. 김성립의 벼슬은 정 9품인 홍문관 정자(正字)에 그쳤다. 그러나 세상은 그의 부인 허난설헌이 너무 우뚝했기 때문에 늘 남편 김성립을 난설헌과 비교되었고 그를 못난 남편으로 그려 왔던 것이다.

그러나 난설헌에게도 남편을 사랑하는 마음이 없었던 것은 아니었다. 남편이 공부하러 집을 나가 들어오지 않자 난설헌은 그리움에 시를 한 편 지었다.

燕掠斜簷兩兩飛
洛花撩亂撲羅衣
洞房極目傷心處
草綠江南人未歸

제비는 처마 비스듬히 짝지어 날고
지는 꽃잎은 어지러히 비단 옷 위를 스치네
동방에서 보는 것마다 마음 아프기만 한데
봄풀이 푸르러도 강남 가신 님은 아직도 오지 않네
〈기부강사독서〉(寄夫江舍讀書)

짝지어 나는 제비를 보면서 님을 생각하는 마음을 그렸다. 이 시로 보건대 강사에 공부하러 떠난 낭군은 봄풀이 푸르도록 오지 않자 남편을 기다리는 허난설헌의 안타까운 마음이 잘 나타나 있다. 들리는 소문은 남편이 공부에 열중하기보다는 기생들과 노는 데만 정신이 팔렸다고도 하니 난설헌의 마음은 오죽했을까. 그러나 이수광은 앞의 〈채련곡〉과 함께 이 시가 방탕하다 하여 시집에도 실리지 않았다고 했다13)

김성립은 난설헌이 죽자 홍씨 성의 여자에게 다시 장가를 들었다. 그러나 난설헌이 죽은지 3년 후 임진왜란이 터져 김성립은 전장에 나가 죽었다. 시체도 찾지 못하여 옷만으로 장례를 치뤘다고 한다. 난설헌과의 사이에서 태어났던 아이도 일찍 죽었고 홍씨 부인과의 사이에서도 자식을 보지 못했으며 뜻도 펴지 못한 채 일찍 죽었으니 그만큼 김성립의 삶도 불행했다고 할 수 있다. 두 사람 사이에서 태어난 아이들의 죽음은 허난설헌을 더욱 불행하게 만들었고, 결국 건강마저 악화되어 죽음에 이르게 한 큰 요인 중의 하나였다고 볼 수 있다.

去年喪愛女
今年喪愛子
哀哀廣陵土
雙墳相對起
蕭蕭白楊風
鬼火明松楸

---

13) 李睟光, 『芝峰類說』 卷14.

紙錢招女魂
玄酒尊汝丘
應知弟兄魂
夜夜相追遊
縱有服中孩
安可冀長成
浪吟黃臺詞
血泣悲吞聲

지난해엔 사랑하는 딸을 여의고
올해는 사랑하는 아들까지 잃었네
슬프디 슬픈 광릉 땅
두 무덤 나란히 마주하고 있구나
백양나무에 쓸쓸히 바람 일고
소나무 숲엔 도깨비불 반짝이는데
지전을 태워서 너희 혼을 부르고
네 무덤에 맑은 술을 올린다
그래 안다 너희 남매의 혼이
밤마다 서로 따르며 함께 놀고 있음을
비록 뱃 속에 아이 있다지만
어찌 제대로 자랄지 알겠는가
하염없이 슬픔의 노래 부르며
피눈물 나는 슬픈 울음 삼키고 있네

〈자식을 곡하며〉(哭子)

어린 자식의 죽음에 슬프지 않은 부모는 없겠지만 난설헌의 이 시는 더욱 유난히 슬프다. 그것은 지난해에 딸을 잃었는데 연이어 또 아들까지 잃은 어미의 슬픔이 느껴지기 때문이다. 더군다나 이런 비극을 연거푸 당한 난설헌은 뱃 속에 있는 아이까지도 제대로 자랄 수 있을까 하는 비통한 의문과 함께 피눈물을 흘린다고 했다. 결국 난설헌은 자식을 한 명도 남기지 못했으니 그의 말대로 세 번 째 아이도 잃은 것이 분명하다. 그러나 무덤이 없는 것으로 볼 때 유산했거나 사산했을 가능성이 있을 것이다. 아마 연이어 불행을 겪은 난설헌의 몸과 마음이 극도로 쇠약해져서 뱃속의 아이도 지키지 못하고 끝내 자신마저도 요절할 수밖에 없지 않았을까 생각한다.

어린 두 아이의 작은 무덤 앞에는 외삼촌인 하곡 허봉이 비문을 지은 묘비가 있다. 그 내용은,

피어보지도 못하고 진 희윤아, 희윤의 아버지 성립은 나의 매부요 할아버지 첨(瞻)이 나의 벗이로다. 눈물을 흘리면서 쓰는 비문. 맑고 맑은 얼굴에 반짝이던 그 눈. 만고의 슬픔을 이 한 곡(哭)에 부치노라

라고 씌어져 있다. 재주가 뛰어난 누이동생을 유난히 사랑하여 남편감까지 골라 주었지만 매부 김성립과 사이가 나쁘다는 소식만 들려오고 게다가 사랑스러운 조카까지 잃었으니 허봉의

마음도 그 슬픔이 여간 크지 않았을 것이다.

이러한 슬픔에다 더하여 시어머니한테도 인정을 받지 못했다고 하니 며느리로서, 안내로서, 그리고 어머니로서 허난설헌의 불행은 이루 말할 수 없었을 것이다. 허균도 그의 『성소부부고』의 〈훼벽사〉(毀壁辭)에서 누이 허난설헌에 대한 아타까움을 이렇게 썼다.

> 돌아가신 나의 누님은 어질고 문장이 있었으나, 그 시어 머니에게 인정을 받지 못했다. 또 두 아이를 잃었으므로 한을 품고 돌아가셨다. 언제나 누님을 생각하면 가슴 아픔 을 어쩔수 없다. 황태사(黃太辭)의 애사를 읽게 되었는데 그가 홍씨에게 시집간 누이동생을 슬퍼한 정이 너무나 애 절하고 슬퍼서, 그로부터 천년이 지난 후 동기간을 잃은 슬픔이 이처럼 서로 같기 때문에 그 문장을 본떠서 슬픔을 펴본다14)

허균의 이 글을 통해서도 난설헌을 사랑하는 동생의 정이 어 떠했는가를 알 수 있다. 뿐만 아니라 허균은 누이가 부부 사이 도 좋지 않은데다 제사 모실 자식조차 없음을 이렇게 슬퍼했다.

> 살아 있을 때는 부부 사이가 좋지 않더니, 죽어서도 제 사를 받들어 모실 아들 하나도 없이 되었구나. 아름다운

---

14) 許筠, 『惺所覆瓿藁』 卷3, 〈毀壁辭〉. (『허균전집』, 성균관대 대동문 화연구소, 1981).

구슬이 깨어졌으니 그 슬픔이 어찌 끝나리.[15]

허균이 중국에서 온 종군 문인 오명제에게 자기 누이의 시를 엮어 주어 난설헌의 시가 중국에서 유명하게 된 데에는 이와 같은 허균의 마음이 들어 있었다. 또한 허난설헌이 남자 형제들과 학문과 문장 수업을 통해서 서로 재주를 겨뤄가며 천여 편이 넘는 시를 쓸 수 있었던 것은 이와 같은 허씨 집안의 우애와 학문을 사랑하는 가풍이 있었기 때문일 것이다.

난설헌은 죽기 얼마 전 꿈 속에서 있었던 일을 〈몽유광상산시〉(夢遊廣桑山詩)라는 제목으로 시를 썼다. 난설헌은 이 작품이 어떻게 나왔는지 그 서문을 썼는데 꿈 꾼 내용과 난설헌이 쓴 시와 후일의 결과는 희안하게도 꿈과 현실이 뒤엉켜있는 듯한 느낌을 준다.

> 을유년에 내가 싱을 입어 외삼촌 댁에 눅고 있을 때, 밤에 자다 꿈에 바다 위에 있는 산으로 오르니, 산은 모두 구슬과 옥이었다. 여러 봉우리는 온통 첩첩이 쌓여 있는데, 흰 구슬과 푸른 구슬이 현란할 정도로 밝게 빛나 똑바로 쳐다 볼 수 없을 정도였다. 무지개 구름이 그 위 서리니 오색 빛깔은 곱고도 선명하였다. 구슬처럼 맑은 물 몇 줄기가 벼랑 사이에서 쏟아져서, 구술이 서로 부딪치는 듯한 소리가 났다. (중략)
> 마침내 산 꼭대기에 오르니 동남쪽은 큰 바다가 하늘과 맞

---

15) 許筠, 『學山樵談』. (『허균전집』, 성균관대 대동문화연구소, 1981).

닿아 온통 푸르고, 붉은 해가 막 돋아오르니 파도에 해가 목욕을 하는 듯 했다. 봉우리 위에는 큰 연못이 있는데 아주 맑았다. 연꽃은 빛깔이 푸르고 잎이 큰데 서리를 맞아 절반은 시들어 있었다. 두 여인이 말하기를, "이곳은 광상산이랍니다. 십주(十洲) 중에서도 으뜸이지요. 그대가 신선의 인연이 있는 까닭에 감히 이곳에 이르렀으니 어찌 시를 지어 기념하지 않겠습니까." 하므로, 나는 사양하였으나 한사코 청하기에 절구 한 수를 읊었더니, 두 여인은 박수를 치고 크게 웃으며 말하기를, "완전히 신선의 말씀이로군요."하였다. 잠시 후 한 떨기 붉은 구름이 하늘 한 가운데서 떨어져 봉우리 꼭대기에 걸리더니, 둥둥 북소리에 정신이 들어 깨어났다. 잠자리엔 아직도 연기와 노을이 자욱하였다. 이백이 꿈에 천모산에서 노닐었다는데 그것이 이에 미칠 수 있는지는 알 수 없다. 이를 기록해둔다.

〈몽유광상산시서〉(夢遊廣桑山詩序)

이에 대한 시를 난설헌이 지었는데 그 내용은 다음과 같다.

碧海浸瑤海
靑鸞 倚彩鸞　기
芙蓉三九朶
紅墮月霜寒

푸른 바다가 구슬 바다를 적시고
푸른 난새는 오색 난새에 기대네
아리따운 연꽃 스물 일곱 송이

붉은 꽃은 떨어지고 서릿달은 차갑구나

허난설헌의 생활이 신선처럼 살고자 했기 때문인지, 아니면 유선시와 같은 신선계의 시를 많이 지어서인지는 모르지만 〈몽유광상산시〉의 내용은 꿈결이자 곧 현실의 이야기이기도 하다. 꿈 속의 광상산에서 두 여인은, 난설헌이 신선의 인연이 있는 까닭에 신선이 사는 곳인 광산산까지 왔으니 어찌 시를 "스물 일곱의 붉은 꽃송이 떨어지고"라는 말이 현실이 되어버렸다. 이에 대하여 허균은, "우리 누님이 기축년 봄에 세상을 버렸으니, 그 때 나이가 27세였다. 그 삼구(三×九＝27)에 꽃이 떨어진다는 말은 징험(徵驗)이 되었다."라고 했다.

허난설헌은 〈몽유광상산시〉(夢遊廣桑山詩)에서 삼구시(三九詩)를 지은 후 그것이 죽음의 씨앗이 되었는지 28세의 나이로 요절하고야 말았다. 더군다나 허난설헌은 죽기 전 천여 편이 넘는 지신의 시들을 불태워 없앴다. 불행했던 자신의 삶이 배어 있던 시를 남겨놓는다는 것이 그 얼마나 허망한 것인가를 알고 있었기 때문이다. 그러나 모두 사라져버린 줄 알았던 난설헌의 시들은 친정집에 남겨진 것들도 있었고, 동생 허균의 비상한 기억 속에도 남아 있었다.

허난설헌의 재주와 시는 조선 사대부들의 문집에서도 자주 거론되며, 여자가 시를 지었다는 데 대한 비아냥 섞인 비판도 끊이지 않았지만 시인으로서 존재를 드높이게 된 곳은 자신이 태어난 나라가 아니라 큰 이웃 나라 중국에서였다. 허난설헌의 시들은 『난설헌집』에 수록되기 전 이미 정유재란이 일어났던 1597년에서 1598년까지 명나라의 군인 신분으로 조선에 원정 나왔던 오명제(吳明濟)가 채집하여 엮은 『조선시선』에 58수나 수록되어 중국에 알려지게 된 것이다. 그 뿐만이 아니라 오명제보다 일 년 뒤인 1598년 조선에 원군으로 온 장수 남방위도 시를 수집한 후 시집을 편찬하여 『조선고시』라 이름을 지었는데 이 시집에도 난설헌의 시는 25수나 실려 있어 가장 많은 수를 차지한다.16) 그만큼 허난설헌은 중국인들에게는 조선의 최고 시인으로 대접 받았던 것이다.

그 후 허난설헌의 시들을 중국에 알려준 저본인 『조선시선』 『조선고시』를 바탕으로 하여 『열조시집』이나 『명시종』과 같은 중국에서 간행되었던 시집들에 다시 소개되었으며, 소개된 조선 시 가운데서도 난설헌의 시가 가장 많이 실렸던 만큼 난설헌은 조선에서보다 중국에서 더 많이 알려진 시인이 되었던 것이다. 그럼에도 불구하고 두 시집의 행방은 오랜 세월동안 그 행방이 묘연했었다.

『조선시선』은 그간 문헌 속의 기록으로 그 실체는 알려져 있었지만 정작 최근까지도 조선이나 중국 어디에서도 발견되지 않았었다. 그러다가 1998년 중국 중앙민족대학의 기부경 교수가 북경도서관선본실에서 『조선시선』을 발견하여 세상에 보고하였

---

16) 김성남, 위의 책, pp.34~42.

다. 오명제는 이 책의 서문에서 『조선시선』이 간행되었던 과정
을 이렇게 설명했다.

> 나는 동해의 명사였던 최치원 등 여러 사람들의 문집들
> 을 좀 보려했는데 모두 말하기를 "없습니다. 작은 나라에
> 난리가 나서 군신들이 풀숲처럼 누추한 곳에서 보낸 지가
> 거의 7년입니다. 우두머리도 제대로 보전하지 못하는 판에
> 하물며 그런 것들이 있을 리가 없지요."라고 하였다. 그러
> 나 기억할 수 있는 사람들이 있어서 바로 써서 (시를) 내주
> 었는데 일이백 편이나 되었다.[17]

또한 이 무렵 조선의 시들을 모아서 편찬한 남방위(藍芳威)의
『조선고시』도 원본은 발견되지 않은 채, 명·청 시기의 문헌들에
자주 인용돼 왔다. 그러다 최근 북경대학 도서관에서 원본이 발견
되어 많은 의문점들을 해소시켰다. 남방위는 정유재란 시기인 1598
년 원군을 이끌고 온 유격장군으로 그가 편찬한 『조선고시』(『조선
시선』이라고도 씌어 있다)의 교열을 본 사람 가운데는 한초명(韓
初命)이 들어있는데 이 사람은 오명제의 『조선시선』을 교열하기도
했던 인물이다. 한초명은 『조선시선』에 〈각조선시선서〉(刻朝鮮
詩選序)를 썼는데 그 글에는 1598년 조선에서 오명제가 편집한 초
고를 읽었다고 했다. 또한 허균이 지은 〈조선시선후서〉는 1600년
3월에 지은 것으로 『조선시선』에 나와 있으니 이 책은 적어도

---

17) 吳明濟편, 祁慶富교주, 『朝鮮詩選校註』, 遼寧民族出版社, 1999, p.60.

38

1600년 이후에 조선이 아닌 중국에서 간행되었을 것이라고 본다. 조선에서 이 책이 발견된 적은 없고 다만 명나라 장수들과 자주 만났던 윤국형(尹國馨, 1543~1611)이 1602년 명나라 사신으로 돌아온 성영(成泳)에게서 오명제가 편찬한『조선시선』을 보았다는 이야기를 들었다.

이어서 윤국형은 서장관 조성립이 가져 온『조선시선』을 얻어 보았다고『패림』(稗林)에 기록되어 있다. 그런데 문제는 조성립이 가져온『조선시선』은 최근 북경도서관에서 발견된『조선시선』과 책의 편집 형태가 다르다는 것을 다음과 같은 글에서 알 수 있다.

> 이른바『조선시선』은 시만 뽑아놓은 것이 아니라, 그 권수(卷首)의 목록에는 우리 동국의 역대 역성(易姓)의 처음과 끝을 기록했으며, 최치원 이하 오늘에 이르기까지 재추(宰樞)·조사(朝士·규수·승려 등 백여 명의 이름을 나열하고 그 출처 등을 자세히 밝혔다.[18]

시만 적어 놓은 것이 아니라 시인들의 성명과 출처까지 밝혀 놓았다 했으니 북경도서관 소장의『조선시선』과는 분명히 편집 체제가 다른 것이다. 윤국형은 조성립이 들여온『조선시선』에는 내용을 보완한 것이 보인다 했는데 윤국형 이름 아래, "벼슬이 형조참판에 이르렀으며, 지금은 연로하여 한강에 물러가 있다"

---

[18] 『稗林』.

라고 한 후 임인년(1602년) 정월 길일에 속보(續補)하였다고
한 것을 뜻하는 것이다. 이렇게 본다면 『조선시선』은 적어도
1600년에서 1601년 사이에 일차 간행이 되었고 중국에서 만들
어졌다고 보는 것이 옳을 것이다. 또한 1602년에는 증보판이 다
시 간행되었음을 알 수 있다.

우리 문학의 중국 전파는 신라시대 당나라에 유학했던 최치
원의 『계원필경』에 소개 되었으며, 고려 때 이제현이 북경에 머
물면서 중국 문인들과 교유했던 사실이 『고려사』에 실려 있지
만 『조선시선』나 『조선고시』에서처럼 신라에서 조선 선조시대
까지의 문인들과 그의 시들이 한꺼번에 소개된 적은 없었다. 그
러므로 이 두 시집들은 우리나라에서 처음 있는 최대의 문학
전파였다고 할 수 있다. 그것도 우리 자신에 의해서 이루어진
것이 아니고 중국 문인 오명제나 남방위가 스스로가 조선시에
대한 호기심과 수집 의욕으로 만들어진 시선집이라는 점에서
그 의미가 색다르다. 너군다나 오명제는 『조선시선』의 시들을
평가하면서 부드럽고 우아하고 담백할 뿐만 아니라, 황당하고
요염한 곡조가 없고 웅혼하고 밝고 넓은 기상이 우리 시에 있
다고 극찬을 아끼지 않았다. 이런 평가가 있었기 때문에 그 후
에도 『조선시선』과 『조선고시』를 저본으로 한 시들이 중국의
여러 시선집에 채택되었을 것이라고 본다. 그리고 거의 동시에
중국에 소개된 『조선시선』과 『조선고시』는 중국 문단에 돌풍을
일으켰고, 그 중심에는 허난설헌이 있었다는 것을 부인할 수 없

다. 이 후 많은 시선집에 조선시 수록은 『조선시선』과 『조선고시』가 그 저본이 되었으니 여러 기록들을 통해서 조선시의 열풍은 청나라가 들어선 후에도 쉽게 꺼지지 않았다는 것을 알 수 있다.

이 『조선시선』과 『조선고시』는 허난설헌의 시가 중국에 알려지는데 큰 역할을 했지만 이 시집들은 유실되어 오랫동안 찾아볼 수가 없어서 많은 사람들에게 의문점을 안겨주었다. 그러다 최근 중국과의 수교 이후 학문적 교류가 왕성해 지면서 두 시집 모두 북경 도서관에서 발견할 수 있었던 것은 오랜 세월에 걸쳐 가졌던 의문점을 해결해 주는 계기가 된 셈이다. 하여간 허난설헌 문학은 우리나라에서보다 중국에서 일찍이 꽃을 피웠던 셈이다.

3. 허난설헌 시의 표절문제

허난설헌은 일곱 살 때 〈광한전백옥루상량문〉을 짓고, 27세의 나이로 세상을 떠날 때까지 천여 편이 넘는 시를 지은 천재라는 평을 받아왔다. 그러나 한편으로는 그의 시에 대한 표절시비와 더불어 개인 신상에 대한 공격까지 학문을 하고 시를 짓던 선비들로부터 끊임없는 구설에 휩싸여 왔다. 그러나 여기에서 우리가 주목할 것은 허난설헌이나 허균이 활동했던 시기 초에는 비난의 평가가 없었는데 뒤로 갈수록 비판적인 글들이 많이 보인다는 점이다. 선조 때의 심수경(1516~1599)도 그가 쓴 『견한잡록』(遣閑雜錄)에서 난설헌의 문학을 극찬한 바 있다.

> 부인 가운데 글 잘하는 사람이 옛날에는 조대가, 반희, 설도 등 다 적기 어려울 정도로 중국에서는 기이한 일이 아니나 우리나라에서는 드물기 때문에 기이하다 하겠다. 문사 김성립의 처 허씨는 곧 재상 허엽의 딸이며, 허봉·균의 누이이다. 허봉과 허균도 시에 능하여 이름이 있거니와, 그 누이 허씨는 더 뛰어났다. 호는 경번당이며, 문집이 있었지만 세상에 간행되지 못했다. 〈백옥루상량문〉 같은 것은 많은 사람들이 외워서 전하였고 시 또한 절묘한데, (난설헌이) 일찍 죽었으니 슬픈 일이다.[19]

이 글에서 난설헌에게는 문집이 있었지만 세상에 간행되지 못했다는 말로 볼 때 심수경은 이 『견한잡록』을 그가 죽기 직전 선조 32년에서 33년 사이, 즉 1598년에서 1599년 사이에 간행했을 것으로 본다. 왜냐하면 허균이 1589년에 죽은 누이를 위하여 『난설헌집』 초고를 만들어 명나라의 종군 문인인 오명제에게 준 것이 정유재란이 일어났던 1598년이고 심수경은 1599년에 죽었기 때문이다. 허봉과 허균의 시가 능하다는 것은 당시 세상 사람들이 다 아는 일인데 그들의 누이인 난설헌이 더 뛰어나다는 심수경의 견해는 대단한 평가가 아닐 수 없다.

난설헌의 작은 오빠 허봉도 "경번의 글재주는 배워서 얻을 수 있는 힘이 아니다. 대체로 이태백과 이장길(李長吉)이 남겨둔 글이라고 할 만하다."라고 허균은 그의 저서에 기록했다. 허균도 누이가 얼마나 뛰어난 시인인가를 난설헌의 시 〈보허사〉(步虛詞)와 〈유선사〉(遊仙詞)에 대하여 칭찬했는데,[20] 이와 같이 허난설헌의 재주는 집안 안팎으로 인정받고 있던 셈이었다.

그만큼 〈보허사〉와 〈유선사〉 같은 작품을 잘 지었다는 얘기인데, 도교적 세계가 주축이 된 이런 시를 중국에서는 '유선시'라고 한다. 허난설헌은 이런 선계(仙界)의 시를 많이 지었으며 특히 『난설헌집』에 실려 있는 〈유선사〉는 모두 87수나 된다. 더군다나 이런 선계의 시 '유선시'를 지은 여성은 조선이나 중국

---

19) 沈守慶, 『遣閑雜錄』, 卷3.

20) 許 筠, 『學山樵談』. (『허균전집』, 성균관대 대동문화연구소, 1981).

에서 유일했다. 그러다 보니 〈유선사〉는 난설헌 문학의 경이스러움으로 평가되기도 했지만 표절했다는 또 다른 불명예의 혐의를 받게도 했던 시제였다.

진대(晉代)의 시인 곽박(郭璞)이 '유선시'의 시조로 알려져 있는데 이 후 당나라 때에 와서도 '유선시'는 계속 유행을 하였다. 당대(唐代)의 시를 공부한 허난설헌도 그 영향을 받았으리라고 짐작한다. 더군다나 허씨 가문의 형제들과 교류하면서 성당(盛唐)시의 영향을 받았던 이달은 백광훈·최경창과 함께 삼당시인이라고 일컬어졌으니 허난설헌 역시 이들 학당파의 일원이 아닐 수 없었다. 김태준은 그의 『조선한문학사』에서 이 삼당시인을 다음과 같이 평했다.

그들은 한 줄 문장도 없이 순전히 시구만 지었으며, 그 시는 성당의 순열한 시와도 방불하여 드디어 심당(三唐)의 칭이 생겨났다. 그들은 시로서는 말할 수 없는 절창이지만 조선에서 학대하는 서얼로 태어나서 상당한 사회 지위를 보전치 못하고 남으로 광한루와 북으로 부벽루에 취왕취래(醉往醉來)하다가 불우한 생애에 침륜(沈淪)하여 버리고 말았다. 그러므로 그들의 구(句)는 미묘하고 세련된 일면에 비장한 기색이 있으며, 그가 당인(唐人)의 유향(遺響)을 전한 것은 순전히 그들의 재치에서 천성(天成)되어 나온 것이다.[21]

---

21) 김태준, 『조선한문학사』, 조선어문학회, 1931, p.137.

더불어 김태준은 이 글에서 초당(허엽)의 자녀가 모두 손곡 이달에게 시를 배웠으며, 그의 시풍이 허균과 허난설헌에게 전해졌다고 말했다. 그러나 허난설헌이 〈유선사〉를 일백 여 편이나 지은 것은 당대에 유행했던 '유선시'를 스스로 읽고 공부한 결과인 동시에 그의 성향이 도교 사상에 기울어져 있음을 말하는 것이기도 하다. 아버지 초당 허엽은 이미 화담 서경덕의 도교 사상에 영향 받은 바 있으며, 허균 또한 그 당시로서는 이단적 사상이라고 할 수 있는 도교나 불교 사상에 심취하기도 했었으니 고루한 틀에 얽매이지 않는 이들 집안의 분방함을 알 수 있을 것 같다.

심수경이 허난설헌을 높이 평가했듯이 유성룡 또한 허난설헌에 대하여 경이스러움을 표했다는 것은 앞에서도 말한 바와 같다. 연암 박지원과 같은 깨인 인물도 『열하일기』가운데 중국에서 널리 알려진 허난설헌을 소개하는 글에서 규중 부인이 시를 읊는다는 것 자체가 아름답지 못한 것이며, 이름이 잘못 중국에 알려지기도 했는데 훗날 여성들이 경계해야 할 일이라고 했다. 이 말 속에는 여성이 주제넘게 시를 써서 세상 밖으로 잘못 알려졌다는 질책이 글의 행간 안에 담겨 있다.

위와 같은 시대적 환경의 불리함 때문에 허난설헌의 시가 과연 본인 스스로의 힘으로 썼을까, 표절은 아닐까 등에 대한 논의가 끊이지 않았다. 이 글에서는 이 문제에 대하여 몇 가지로 해명해 보고자 한다.

1) 한시 기법, 혹은 패러디적 기법

현실의 괴로움에서 벗어날 꿈을 꾸면서 선계를 자유롭게 거닐던 허난설헌의 꿈과 상상력은 남들이 손댈 수 없었던 시 공부의 깊이를 통해서 수많은 '유선시'를 남겨놓게 되었다. 이러한 과정 속에서 그의 많은 '유선시'들이 표절의 누명을 쓰기도 했다. 그러나 동양에서는 시 창작법상 용사(用事)나 환골탈태(換骨奪胎)라는 용어를 사용하여 시를 지을 때 옛 사람의 글이나 고사와 같은 전고(典故)를 끌어 쓰기도 하고, 옛사람의 시구를 끌어다 변화시켜 새로운 의미로 창출하기도 했다.

원래 시를 짓던 지식 계급의 문인들은 경전을 비롯한 역사서나 문학작품 등을 읽어야 했고 그 과정 속에서 이미 읽고 암송했던 어휘나 특유의 통사구조가 자연스럽게 자신의 작품 속에서도 배어나오게 되는 경우가 많았다. 혹자는 이것을 문어문학으로서의 한문학이 지니는 특성일 수밖에 없는데 한시는 생생한 구어로 작시되는 것이 아니라 문어로 쓰여지게 되기 때문에 과거 작품의 언어구조에 의지된다고 말하기도 한다. 다시 말해서 과거 작품의 통사 구조에 말만 바꾸어 넣거나 새로운 인식 내용도 자신이 습득했던 과거의 언어와 비유를 통해서 나타낼 가능성이 많았다는 것이다.

실제로 이백이나 두보와 같은 대시인도 이런 방법으로 시를 쓴 것이 많았다. 두보의 유명한 작품 〈자경부봉선현영회오백

자〉(自京赴奉先縣詠懷五百字)에는 '부잣집에는 술과 고기가 썩어나지만 길에는 얼어죽은 시체가 뒹군다(朱門酒肉臭 路有凍死骨)'라는 시구가 보이는데 『맹자』의 〈평원군전〉과 『사기』의 〈회남자〉에서 모방한 것으로, 두보 이후에도 이 구절은 수많은 시인들에게 또 다시 모방되었던 시구였다. 두보의 시에도 "만 권의 서적을 독파하니, 글에 신기가 서려있다(讀書破萬卷 下筆如有神)"라고 했으니 수많은 독서를 하는 가운데 좋은 문장과 시구는 육화되어 다시 자신의 시라는 목소리로 재창출되는 것이라고 해석할 수 있다. 그만큼 옛사람들의 시문장에 비슷한 내용과 구절이 많았고 적어도 똑같은 것이 아니라 새로운 의미와 자신만의 이미지로 만들었다면 그것을 표절이라고 크게 문제삼지 않았다. 우리나라의 선비들도 이런 점들을 다 알고 있었다. 어숙권의 다음과 같은 글에서는 중국 대시인들의 그와 같은 면을 담담히 받아드리는 태도를 엿볼 수 있다22).

일찍이 이백의 문집 가운데에서 보니 거부사(去婦詞)가 있었는데, 옛 사람들은 고황(顧況)이 지은 것이라 하였고, "다리 부러진 귀솥 가운데에 삼삼한 죽을 끓인다(折脚鐺中煨淡粥)"라 한 것은 두 번에 걸쳐 소동파와 황산곡 문집에도 나와 있으니, 누구 것이 옳은지 알지 못하겠다. "사흘동안 사립문을 닫고 열지 않으니, 섬돌은 평평하고 뜰엔 흰 눈이 쌓여 가득하구나. 오늘 아침에 밟아서 구슬 자죽을

---

22) 어숙권의 『패관잡기』.

만드니, 때로 봉황지(鳳凰池)로 찾아 오는 이가 있기 때문
이다(三日紫門擁不開 階評庭滿白 石+빝외 今朝踏作瓊瑤迹
爲有時從鳳沼來)"한 것은 한퇴지의 시인데, 채몽재의 시림
광기(詩林廣記)에는 유자후의 시 가운데서 펴냈다 하니 어
디에 의거하였는지 알 수 없다.

용사나 환골탈태, 혹은 점철성금(點鐵成金) 등으로 불리는 시
창작 방식이 이처럼 중국의 대 문호들에게도 일반화 되어있는
것이라면 굳이 허난설헌의 시에 대해서 예민한 표절의 잣대를
대야 했는지가 궁금할 뿐이다. 북송(北宋)의 황정견(黃庭堅)은
그의 점철성금론에서 "두보의 시와 한유의 산문은 한 글자도
유래가 없는 곳이 없다. 후세 사람들은 글을 읽은 것이 적기 때
문에 한유와 두보가 새로운 말을 만들어 내었다고 생각한다."고
말했다.[23]

황정견의 견해는 두보나 한유와 같은 시인들도 옛 사람들의
글을 취하되 쇠가 금으로 바뀌듯 즉, 연금술사처럼 전연 새로운
이미지로 변환시켰음을 강조한다. 사실 이러한 기법은 현대문학
에서도 패러디(parody)나 페스티쉬(pastiche)라는 용어로 공공
연하게 사용되고 있는 실정이다. 우리의 현대시인 가운데 김소
월 같은 경우는 이 방법을 가장 적절히 잘 사용하여 최고의 시
인이 된 사람이다. 그는 우리 전통 민요의 정서나 어법을 자기

---

23) 黃庭堅, 『冷齊夜話』.

자신의 새로운 목소리로 재창조하여 성공했다. 그의 시 가운데 〈산유화〉는 우리 민요 〈산유화〉의 이미지와 상징구조를 교묘히 응용했으며, 〈금잔디〉를 비롯한 많은 시들의 우리 민요가 지니고 있는 반복 구조나 어조, 정서를 담고 있다. 그럼에도 불구하고 민요와는 달리 개인 창작시로서 김소월의 개성을 느낄 수 있는 것은 한시를 비롯한 옛 문장에서 말하는 환골탈태 혹은 점철성금의 새로움이 소월시에 담겼기 때문이라고 본다.

> 잔디
> 잔디
> 금잔디
> 심심산천에 붙는 불은
> 가신 님 무덤가에 금잔디
> 봄이 왔네 봄빛이 왔네
> 버드나무 가지에도 실가지에
> 봄빛이 왔네 봄날이 왔네
> 심심산천에도 금잔디
>
> 김소월, 〈금잔디〉

"잔디/잔디/금잔디"는 우리 민요에 가장 흔하게 보이는 "형님/형님/사촌형님"의 구조를 사용했다. 이 경우 내용이나 낱말을 그대로 베끼지는 않았지만 전래 민요의 반복 구조를 시에 사용하여 민요적인 정서를 느끼게 하는 것이다. 물론 이 시에서 다른 부분들, 이를테면, 3음보율의 리듬이나 향토적 정서 같은 면도 복합적으로 작용하여 김소월 특유의 민요시를 만들어낸 것이다. 또한 이 경우 문어체인 한문시와 달리 소리글자인 우리 글의 음운과 형식을 끌어다 사용했기 때문에 한시에서 보이는 문장의 구절이나 낱말 등의 모방과는 다른 느낌이 든다. 그러나 소월의 시도 〈명주딸기〉와 같은 작품은 "딸기 딸기 명주딸기/ 집집이 다 자란 맏딸 아기/ 딸기 딸기는 다 익었네/ 내일은 열 하루 시집갈 날"이라고 하여 전래 민요 '시집살이 노래'와 유사 하게 읊고 있는 경우도 있다.

민요시인으로서 김소월 뿐만 아니라 근래에 활동하고 있는 많은 시인들에서 이와 같은 방식의 패러디적 작품은 유행이다 싶을 정도로 많다. 더군다나 포스트모더니즘에서는 상호 텍스트 성이 중요한 방법 중의 하나가 되기도 한다. 하늘 아래 새로운 것이란 없다라는 포스트 모더니즘의 명제는 영화나 광고에서도 많은 패러디 작품을 낳기도 했다. 우리 현대 시단에서는 김춘수 의 시 〈꽃〉이나 기독교의 〈주기도문〉을 패러디한 시를 썼던 장 정일이 그 대표적 시인이라고 할 수 있을 것이다.

원 작품의 구절이나 낱말, 또는 어투를 끌어다 새로운 의미와 이미지를 재창출했을 때 원전 표절의 혐의를 씌울 수 있느냐 항변할 수 있고, 이것은 옛날이나 지금이나 논쟁의 초점이 되는 문제이다. 이와 같이 옛 것의 모방을 통한 새로움의 창조는 시 나 문장에만 있는 것이 아니다. 소위 박지원이 "法古而知變, 創

新而能典"이라고 한 말에서 나온 법고창신(法古創新)이라는 말이나, 그 밖에도 입고출신(入古出新)이니 하는 말은 옛 사람들이 이루어 놓은 것을 통해서 새로움을 이끌어 낸다는 지혜로움을 담은 말이다.

그렇다면 어느 누구보다도 많은 표절 시비에 휩싸였던 허난설헌의 시는 어떻게 해석해야 할까. 이러한 시비는 우선 허난설헌이 여성이라는 점과, 남편이나 시어머니와 원만하지 못했다는 평판과 무엇보다도 동생 허균의 모반죄로 집안이 멸문지화를 당했다는 사실이 맞물려 허난설헌을 불리하게 만든다. 거기다가 시대적으로는 조선 중·후기로 내려갈수록 점점 더 옥죄어 오던 여성에 대한 고루한 봉건 의식과 같은 요인은 난설헌의 문학이 제대로 평가받을 수 없는 배경을 만들었다. 앞서 보았듯이 이백이나 두보, 혹은 한유와 같은 수많은 시인들이 앞선 세대의 문헌이나 시구를 끌어다 시를 짓는 것이 다반사였다면 다른 시인들은 또 어떠했는지 알 수 있다. 허난설헌의 시에 전고(典故)가 많은 것은 난설헌의 독서가 그만큼 풍부했다는 것을 말해주는 것이며, 선대의 시들을 끌어다 쓴 구절들이 많다면 그가 읽어 왔던 시 또한 얼마나 많은지를 증명하는 것이다. 더군다나 난설헌이 학당시인 이달에게 시를 배웠다는 것은 당시(唐詩)에 대한 풍부한 독서 경험이 있다는 것을 뜻하는데 조당의 〈소유선시〉는 당나라 때의 작품이기 때문에 난설헌에게 많은 영향을 주었던 것이 분명하다. 그러나 많은 독서의 양으로 난설헌의 진가를 재려는 것이 아닌 난설헌의 시로 그 문학을 평가해야 될 것이지만, 논란이 되었던 〈유선사〉 같은 시들은 단순한 모방이 아닌 한시에서 말하는 용사(用事)나 환골탈태(換骨奪胎)의 시라고 하는 것이 타당하다.

이렇듯이 난설헌 문학에서 가장 많은 작품 수를 보이는(87편) 〈유선사〉는 신선들의 얘기를 담은 소위 '유선시'라는 시제로서 이 작품으로 인하여 난설헌은 찬사도 받았지만 표절이라는 억울한 평도 함께 받아야 했다. 원래 '유선시'의 배경이 되는 신선설화는 도가사상에서 태동한 신선들의 이야기라고 할 수 있다. 도가사상은 한나라 때 장도릉이 종교화한 후 북위(北魏)의 구겸지가 체계를 세워 도교를 만들었다. 도교가 하나의 종교로서 체계화되기 이전 민간 설화의 상태로 전파된 신선사상이 우리나라에 들어온 것은 고구려 말이라고 『삼국유사』에서 전한다. 우리나라에서 신선사상은 민간 신앙으로 발전되어 문학 작품을 비롯한 우리의 전통 문화 곳곳에 신선의 소재가 스며있지만 체계적인 도교로서 전파되었던 것은 아니다.

신선들의 이야기를 담고 있는 '유선시'는 신선설화에 나오는 서왕모, 옥황상제와 같은 인물들이나 신선이 산다는 곤륜산, 선약의 재료라 하는 단사(丹砂)와 같은 소재들로 인하여 그 내용은 매우 신비스럽다. 중국에서는 진나라의 곽박이 〈유선시〉를 쓴 이래 많은 시인들이 작품을 남겼는데 당나라 조당의 〈유선사〉가 유명했다. 우리나라에서는 설화나 소설, 또는 그 밖의 장

르에서도 신선과 관련된 작품이 많이 보이지만 '유선시'라는 시제로 쓴 한시는 별로 없는 듯하다. 조선조 성종 때 간행된 최고의 문집인 『동문선』에도 '유선시'는 보이지 않는다. 『동문선』 11권에 선계의 이야기를 담은 〈어원선도〉(御苑仙桃)라는 제목의 최유선(崔惟善)의 시가 보이지만 '유선시'라는 연작 형태의 시제로 쓴 것은 아닌 것 같다. 이런 점으로 볼 때 허난설헌은 최고의 '유선시' 시인이라고 해도 과언이 아닐 것이다. 허균이 난설헌의 '유선시' 〈보허사〉(步虛詞)와 〈유선사〉(遊仙詞)에 대하여 논하며 자신도 작은형 허봉도 흉내내려 했지만 그 울타리를 벗어날 수 없었다는 말은 괜한 칭찬이 아니었음을 말해주는 것이다.

신선사상을 배태시킨 도가사상은 세상이 어지럽고 정세가 혼란해졌을 때 지식인들의 호응을 많이 받았는데 흔히 노장(老莊) 사상이라고 했으며 앞서 말했듯이 후에 도교의 바탕이 된 것이다. 또한 이런 도교의 신선사상이 바탕이 된 '유선시'는 현실의 세계를 노래한 것이 아니라 신선들의 세계를 읊은 것이기 때문에 비현실적인 이상향의 세계라고 할 수 있다. 도교의 설화 속에 나오는 신선의 세계를 난설헌이 그토록 많은 시로 지은 것은 괴로운 현실을 도피하고 싶은 그의 내면 의식이 담겨져 있는 것이라고 본다.

羽客朝升碧玉梯
鷄巖晴日白鷄啼
純定向蟾宮訪羿妻
陽道士歸何晚

신선은 아침 푸른 옥계단 타고 오르고
맑게 갠 날 계수나무 선 바위에서 흰 닭이 우네
순양도사는 왜 그리 늦게 오시는가
아마도 섬궁으로 항아를 만나러 갔겠지

허난설헌, 〈유선사 72〉

崑崙山上白鷄啼
羽客爭升碧玉梯
因駕五龍看較藝
白鸞功用不如妻

곤륜산 위에서 흰 닭은 울고
신선은 다투어 푸른 옥계단을 오르네
하늘에서 오룡을 타고 오르는 것은
아내와 하얀 난새를 타는 것만 못하네

조당(曹唐), 〈소유선시〉

　난설헌의 〈유선사〉에도 조당의 〈유선사〉와 비슷한 구절이 여
러 곳에서 보이지만 내용과 이미지는 난설헌의 의도에 따라 새

롭게 변형시켰다. 신선은 청명한 아침에 옥계단을 타고 오르고 흰 닭은 계수나무 옆 바위에서 우는데 기다리는 순양도사는 어찌 오지 않는가 궁금하다. 아마 달에 있는 항아를 만나러 갔겠지라고 화자는 말한다. 선계에서 남녀가 속박 당하지 않고 자유롭게 왕래하는 내용이 담겨있다. 허난설헌은 이와 같은 시를 통해서 억압된 현실에 대한 꿈을 신선설화에 나오는 순양도사나 항아와 같은 인물에 이입시켜 자유롭게 펼치고 있는 것이다. 그러나 조당의 〈소유선시〉는 신선들이 서로 다투어 옥계단을 오르는 모습이며 오룡과 난새 또한 타고 하늘로 오를 수 있는 동물로 그려졌다. 신선들이 하늘 어딘가로 나들이라도 가는 듯 느껴진다.

아무튼 난설헌 시에 담겨 있는 화자의 깊은 의미가 조당의 시에서는 느껴지지 않는다. 조당의 시 1구와 2구를 활용하긴 했지만 허난설헌의 〈유선사〉는 3·4구에서 자신의 새로운 내용으로 생명력을 불어 넣었다. 현대의 시론으로 본다면 허난설헌은 조당의 〈소유선시〉라는 텍스트를 패러디한 것이고, 고전적인 시론에서 보자면 어떤 시문의 일부분을 새로운 자신의 관념으로 용사(用事)했다고 설명할 수가 있을 것이다. 허난설헌은 자신의 〈유선사〉에 조당의 시 외에도 마홍(馬洪)의 〈續遊仙〉이나 이구령(李九齡)의 〈상청사오수〉(上淸辭五首) 등 당나라 때의 '유선시'를 끌어다 썼지만 새로운 자신의 이미지들로 변형했다.[24] 그

---

24) 김성남, 『허난설헌시 연구』, 소명출판, 1922, p. 107.

렇기 때문에 이런 문제를 가지고 허난설헌의 시만 문제를 삼는 것은 있을 수 없는 일이다.

2) 태평광기와 문학수업

난설헌이 결혼하기 전엔 자신보다 여섯 살 아래 동생 허균에게 시를 지도하기도 했다. 허균도 글재주가 뛰어났지만 어린 시절 누이에게 자신이 지은 시를 보여주면 누이는 세심하게 동생 글의 잘못된 부분을 고쳐주곤 했을 정도였다. 집안 가득히 있는 전적들을 형제들과 함께 읽으며 공부했는데, 그 가운데서도 허난설헌은 『태평광기』(太平廣記) 읽는 것을 좋아했다고 한다. 임상원(任相元)도 그의 『교거쇄편』(郊居瑣編)에서 난설헌에 대하여 다음과 같은 말을 남겼다.

> 난설헌은 태평광기를 즐겨 읽었다. 그 긴 이야기를 다 외웠으며 중국 초나라 번희(樊姬)를 사모했기 때문에 또한 호를 경번이라 지었다.[25]

중국 송나라 태종 2년(977년, 고려 경종 2년) 칙명으로 편집된 『태평광기』엔 종교적인 이야기, 정사에 실리지 않은 역사, 소설류 등으로 모아졌다. 수록된 2,000여 편의 글엔 설화나 패

---

25) 任相元, 『郊居瑣編』 卷1.

설(稗說), 진당(晉唐)의 전기소설 등 후에 소설의 연원이 되는 글들이 많아서 서사문학의 귀중한 자료라고 할 수 있다. 이 책의 편찬 분류는 신선, 여선, 방사(方土), 이인(異人), 이승(異僧) 등 수 십여 종류로 나뉘어져 있다. 도가사상의 영향을 받은 서경덕 문하에서 공부한 아버지 허엽의 영향도 있었겠지만 난설헌이 선계(仙界)의 시인 '유선시'류를 많이 남길 수 있었던 것은 『태평광기』의 영향도 컸을 것이라고 본다.

허난설헌의 생존 당시 『태평광기』는 중국에서만 뿐만 아니라 조선에서도 많이 읽혔던 책인 것 같다. 세조 8년(1462) 성임(成任 - 『용제총화』를 쓴 성현의 형)이 발간한 『태평광기상절(太平廣記詳節)』은 중국 북송 때(977년) 발간된 『태평광기』 전 5백권을 조선 사람들이 즐겨 읽을 수 있도록 10책 50권으로 가려 뽑아 놓은 것이다. 명나라 때 간행돼 현재 중국에 전해오는 『태평광기』는 이 책보다 100여 년 늦게 간행된 것이다. 그러나 『태평광기상절』은 그간 원전이 전해지지 않다가 근래 20에서 25권까지의 1책이 발견되어 학계에 소개되었다. 고려 고종(1214~1259) 때 경기체가 〈한림별곡〉에 "태평광긔(太平廣記) 사백여권(四百餘券) 태평광긔(太平廣記) 사백여권(四百餘券) 위 歷覽(력남)ㅅ景(경)긔 엇더하니잇고"라고 읊었던 것처럼 이미 이 무렵에도 태평광기는 선비들의 필독서였던 것 같다.

『태평광기상절』이 나온 후에도 한문을 모르는 사람들을 위하여 우리말 번역본이 필요했기 때문에 명종(1545~1567) 때를

전후해서 『태평광기언해』가 발간되어 우리나라 소설문학에 많은 영향을 끼쳤다. 현재 멱남(覓南) 김일근본과 낙선재본(樂善齋本)의 판본이 남아 있어 당시 언어를 연구하는데도 중요한 자료로 평가 받고 있다. 최근 우리나라에서 총 20책 500권 분량의 『태평광기』가 번역돼 나오고 있으니 자료의 중요성으로 볼 때 매우 의미 있는 작업이라고 생각한다. 이 번역 작업을 진행하고 있는 김장환은 '옮긴이의 말'에서 태평광기를 다음과 같이 해설하고 있다.

> 『태평광기』에 수록된 고사는 신선괴기(神仙鬼怪) 와 인과응보(因果應報)에 관한 것이 비교적 큰 비중을 차지하고 있다. 어떤 경우는 한 부류가 한 권으로 되 있기도 하고 어떤 경우는 한 부류가 여러 권으로 되어 있기도 한데, '신선'류는 55권이며, '귀'(鬼)는 40권, '보응'류는 33권, '신(神)류는 25권, '여신'류는 15권, '요괴'류는 9권으로 기타 다른 부류의 권수보다 상대적으로 분량이 많다. 이것은 고대 민간 풍속과 위진남북조 이래 지괴(志怪) 소설의 흥성을 반영하고 있다. 또한 '잡전기'(雜傳記)류 9권은 모두 당대(唐代) 전기에 주로 어떤 종류의 내용이 기록되었는지를 구체적으로 이해할 수 있다. 부류별로 고사를 배열하는 이러한 체재는 독자들이 이를 분석하고 연구하는 데에 많은 많은 편리함을 제공하고 있다. 그래서 송대 이전 고소설의 변천과 발전 상황을 알고 싶으면 이 책에 근거해서 탐색해

나갈 수 있다. 따라서 청대 기윤(紀昀)이 이 책을 "소설가
의 깊은 바다"라고 칭송한 것은 결코 과찬이 아니다.26)

이 글에서도 알 수 있듯이 『태평광기』에 가장 많이 나오는
이야기는 신선들의 이야기임을 알 수 있다. 『태평광기』를 즐겨
읽던 신선들에 시를 많이 찌은 것도 이해가 갈만 하다. 허난설
헌이 어떤 책으로 『태평광기』를 읽었는지는 모르지만 아버지
허엽이나 오빠 허봉도 중국을 드나들던 사람들이었기 때문에
중국에서 사온 『태평광기』를 읽었을 수도 있다. 아무튼 난설헌
은 『태평광기』의 그 긴 이야기들을 다 외웠다고 하는데 그 광
대한 분량을 외웠다는 것은 과장일 수 있지만 외울 정도로 여
러 번 읽었다는 말이 진실일 것이다.

그는 읽은 글들의 인물 가운데 중국 초나라의 번희(樊姬)를
경모했기 때문에 자신의 자를 경번(景樊)이라고 지었다 하니,
많은 여성들이 자신의 이름을 제대로 지니지 않던 시대에 허난
설헌은 초희라는 이름과 난설헌이라는 호와 더군다나 경번이라
는 자를 스스로 만들어 불렀으니 당당했던 그 모습을 그려볼
수 있을 정도다. 김만중도 『서포만필』에서 경번(景樊)은 도교에
나오는 여신인 번부인(樊夫人)을 경모하여 붙인 이름이라고 했
는데,27) 번부인의 남편 유강도 신선이었다. 경번이라는 자를 쓰

---

26) 김장환 외 옮김, 『태평광기』 학고방, 2000, p.14.
27) 김만중, 『西浦漫筆』 下卷.

게 된 또 하나는 당나라 시인 번천두목(樊川杜牧)을 좋아해서 지은 것이라는 설도 있다. 이덕무는 『청장관전서』에서 난설헌이

> 人間願別金誠立
> 地下長從杜牧之

> 이 생에서 김성립을 이별하고
> 저 생에서 두목지를 따르고 싶다

라는 시를 지었다는 소문을 적고 있는데, [28] 그 시의 출처는 알 수 없다. 현재 남아 있는 『태평광기언해』에는 〈두목지뎐〉이 실려 있다.

3) 고문헌과 시 읽기

허난설헌과 같은 여성이 천여 편이 넘는 시를 지었다는 것 자체가 놀라움이었지만 그것은 또 비난의 대상이었다. 특히 그 비난은 난설헌이 죽고 그의 동생 허균이 역모로 죽임을 당해서 집안 자체가 멸문되다시피 한 이후가 대부분이었으므로 비난의 목소리 가운데는 양천 허씨 집안의 몰락과도 전혀 무관하지는 않았을 것이다. 그러나 무엇보다도 가장 큰 비난의 원인은 조선

---

28) 이덕무, 『靑莊館全書』 卷63.

후기로 내려오면서 여자의 덕은 그릇 한 죽 셀 수는 없어도 삼
종지도를 지켜야 한다는 고루한 생각이 지배적이던 시대였기
때문이라 할 수 있다. 난설헌이 죽은 다음 해에 허균은 누이의
작품들을 모아 시집을 엮어 둘째 형과 가까웠던 친구인 서애
유성룡에게 발문을 부탁하자 서애는 기꺼이 써 주었는데 그 내
용엔 놀라움과 감탄이 함께 들어 있다.[29]

　　내 친구 허봉은 세상에서 보기 드문 뛰어난 재주를 가지
　고 있는데, 불행히 일찍 죽었다. 나는 그가 남긴 글을 보
　고 정말로 무릎을 치면서 탄복하여 칭찬해 마지 않았다.
　하루는 미숙(허봉의 자(字))의 아우 단보(허균의 자)군이 그
　의 죽은 누이가 지은 『난설헌고』를 가지고 와서 보여주었
　다. 나는 놀라서 말하기를, "이상하도다, 부인의 말이 아니
　다. 어떻게 하여 허씨의 집안에 뛰어난 재주를 가진 사람
　이 이토록 많단 말인가?"하였다.
　　만력 경인년 (1590년) 11월 서애는 서울 집에서 쓰다

　유성룡이 허난설헌의 재주에 놀라 부인의 말이 아닐 정도로
훌륭하다 칭찬하면서, 소중하게 간직하여 한 집안의 말로 비치
하고 반드시 전하도록 하는 것이 좋다라고 한 말은 난설헌 문
학의 가치를 진심으로 이해한 결과라고 볼 수 있다. 여기에서
유성룡은 시학에 관하여는 잘 모르지만 난설헌의 시가 한·위

---

29) 柳成龍, 『西厓集』, 〈跋蘭雪軒集〉.

의 여러 시인보다 뛰어나고 그 나머지는 성당의 것만 하다라고
했는데 그 만큼 난설헌이 살았던 시대에 성당의 시풍이 유행했
음을 알 수 있다.

이와 같은 성당 시풍은 중국 명나라에서부터 불어온 것이었
다. 일종의 복고풍의 문학운동인 이러한 풍조는 이몽양(李夢陽,
1477~1530)과 하경명(何景明, 1483~1521)을 비롯한 7명의 문인
들에 의해서 주도되었는데 이들의 문학관은 진·한을 강조하고
한과 위를 따르며, 성당을 주장하면서 성당 바람을 일으켰다.
이들을 중국 문학사에서는 전칠자(前七子)라고 부르는데 지나친
모방 때문에 많은 비난을 받으며 이 운동은 숙어들었다. 그러나
이 바람은 얼마 안어 다시 거세게 일기 시작했는데 이반룡(李攀
龍, 1514~1570)이나 왕세정(王世貞, 1526~1590) 등을 비롯한 7명
의 문인이 대표며 이들도 전칠자와 같은 복고풍의 문학을 기조
로 삼았으나 그 기본은 문(文)은 반드시 진·한을, 시는 반드시
성당을 모범으로 삼았다. 이들을 문학사에서 후칠자(後七子)라
한다. 후칠자의 폐단도 많이 나타났는데 특히 표절 때문에 많은
사람의 입이 한 소리가 되었다는 말이 들릴 정도였다.[30]

명나라의 전칠자, 후칠자라고 일컬어지는 시인들이 일으킨 성
당풍의 시가 조선에서도 크게 유행했다는 것을 최경창, 백광훈,
이달과 같은 세칭 삼당 시인의 활동에서도 알 수 있다. 허균은

---

30) 허경진, 『허균평전』, 돌베개, 2002, p.263.
　　김성남, 위의 책, p.113.

이들 가운데 자신의 스승이기도 한 손곡 이달의 시집을 엮었는데 그 서문에서 다음과 같이 말했다.

사암 박순(1523~1589, 선조 때 문신, 영의정에 오름) 상공이 성당의 이백을 받들 줄 알아 읊은 바가 자못 맑고 높아서 본보기로서는 부족하나 (그래도) 격려되는 바가 컸다. 늦게 최경창과 백광훈을 얻어 드디어 맑고 고아한 자태를 크게 펼쳤으니 이른바 과섭(夥涉)이 유방에게 항우를 열어준 것이 아니겠는가. 같은 때에 손곡옹(蓀谷翁)이라는 사람이 있어 처음에 두보나 소식을 호음에게 배웠으니, 그가 읊음으로서 이미 크게 이루어지고 성숙되었다. 최경창과 백광훈을 사귐으로 부족함을 깨닫고는 진땀이 흘러 배웠던 것을 모두 버리고 다시 배웠다. 그의 시는 본래 공봉 이백에게 뿌리를 두고 우승 왕유와 수주 유장경을 출입하여 기운은 따뜻하고 뜻은 빼어났으며 빛은 곱고 말은 맑았으니 그 곱기는 남위(南威) 와 서자(西子)가 고운 옷을 입고 밝게 단장한 것 같고, 그 부드럽기는 봄볕이 온갖 꽃에 내려 비치는 것과 같으며, 그 맑음은 서리처럼 찬 물줄기가 큰 골짜기를 씻어내리는 것 같으며, 그 울림의 맑음은 구소(九霄)의 생학(笙鶴)이 오색 구름의 표면을 노니는 것 같으며, 당기면 노을 빛 비단이 바람에 일렁이는 듯, 펼치면 옥빛 자리에 옥구슬이 내닫는 듯하고, 쨍그렁 하고 소리내어 그것을 몰아치면 비파가 슬피 울고 옥구슬이 우는 듯하고, 눌러서 잡으면 천리마가 멈춰 서고 용이 웅크렸다

가 천천히 가는 것과 같았다.[31]

이 정도면 허균의 스승 이달에 대한 평은 극찬에 이른다고 할 수 있을 정도다. 허균의 시화·시비평집인 『학산초담』이나 『성수시화』에 대한 후세 문인들의 평을 보면, 모자르지도 넘치지도 않는 정확한 비평적 안목을 보여주었다고 평가한 것을 본다면 허균이 스승 이달에 대하여 결코 과장된 칭찬을 했으리라고는 보지 않는다. 그만큼 이달의 시가 빼어났기 때문에 마음에서 우러나오는 서문을 지은 것이다. 그러한 허균도 언젠가 손곡 이달이 허균의 시를 읽고난 후, "무르익었으나 아직 성당의 풍격을 섭렵하지 못했다"고 하자 "사람들이 자신의 시를 보고 이건 허균의 시다라고 말했으면 좋겠다"고 응수한 적이 있었다. 바로 이것이 허균의 고집이자, 그의 독자성이기도 한 대목이다. 그러나 어찌했든 허균은 불우했던 서얼 출신인 스승 이달을 위해서 이처럼 문집을 엮었고, 그의 전기 『손곡산인전』을 지었다. 더욱이 허난설헌도 이달에게 시를 배웠으니,[32] 이들 허씨 집안의 형제들은 손곡 이달과 문학적인 형제지간이었다고 말 할 수 있다.

허균은 그의 『성수시화』에서 자기 누이의 시를 성당의 풍격에 속한다고 말한 바 있다. 그 뿐만이 아니라 난설헌의 〈보허사〉를 논하면서 "작은 형님 이달까지도 누님의 시를 흉내내어

---

31) 李 達, 『蓀谷集』, 태학사, 1999, pp.477~479.
32) 김만중, 『西浦漫筆』 下卷.

시를 지었지만, 모두들 누님의 울타리를 벗어나지 못했다" 했을
정도였다.[33] 난설헌 시의 성당풍은 어떻게 말 할 수 있을까. 허
균이 극찬한 〈보허사〉를 통해서 알아보자.

乘鸞夜下蓬萊島
閑輾麟車踏瑤草
海風吹折碧挑花
玉盤滿摘安期棗

난새를 타고 한 밤중에 봉래섬에 내려와
한가롭게 기린 수레를 타고 신선초를 밟네
바닷바람이 불어 벽도화는 꺾어지고
옥쟁반에 안기의 대추를 가득 담았네

九霞裙幅六銖衣
鶴背瑤海月明星
漢落冷風紫府歸
玉簫聲裏霱雲飛

아홉 폭 노을치마와 가벼운 저고리의 선녀 옷 입고
학 등에 찬바람 내며 하늘 숙소로 돌아가네
요해에 달은 밝고 별과 은하수 떨어지니

---

33) 許筠, 『惺所覆瓿藁』 卷2, 〈惺叟詩話〉. (『허균전집』, 성균관대 대동
문화연구소, 1981).

옥피리 부는 소리에 상서로운 구름 날아오르네

〈보허사〉(步虛詞)

　이 시는 신선 세계에 대한 악부체(樂府體) 시로서 원래 〈보허
사〉란 도사가 허공을 거닐면서 경을 읽는 노래로 그 내용은 시
선들의 거동을 읊은 시다. 이런 악부시는 곡조를 단 가사를 뜻
하는 고대 시가 중의 하나다. 그러나 위진(魏晉) 이후에는 노래
를 부르기 위해서 지은 시가 아니라 읊거나 암송하기 위한 시
를 넓은 의미로 악부시라고 하였다. 제목에 가(歌)・행(行)・영
(詠)・음(吟)・곡(曲) 등을 붙이는데 허난설헌의 시에서 악부체
시가 대부분을 차지할 정도로 많다. 조사에 의하면 『난설헌집』
시 전체의 81.5%가 악부시제((樂府詩題)라 할 정도로 많으며
능숙하게 작시하였다.34)

　위의 〈보허사〉 2수를 말하며 허균은 유몽득(劉夢得) 체를 본
받았으나 오히려 그보다도 맑고 뛰어나다 했으니 허균이 자신
의 누이를 하늘 선녀의 재주를 가지고 있다 평한 것은 허난설
헌이 특히 선계의 시를 잘 썼기 때문일 것이다. 위의 시에 나오
는 난새・봉래섬・안기의 대추・자부(紫府 - 선인의 숙소)・구
하군(九霞裙 - 선녀의 치마)・육수의(六銖衣 - 선녀의 가벼운
저고리)와 같은 말은 선계의 생활을 나타내는 선계의 언어들인
데 난설헌이 이런 말들을 자유롭게 시로 나타낼 수 있었던 것

---

34) 김성남, 『위의 책』, p.156.

은 많은 고문헌과 중국의 시집들을 숙독했던 결과일 것이다. 허난설헌이 외울 정도로 좋아하여 읽었다던 『태평광기』나 아버지나 오빠들이 외국 사절로 중국에 다녀올 때마다 사들여 왔던 책들을 읽었던 허난설헌이 시를 능숙하게 지을 수 있었던 것은 기본일 것이다. 거기다가 천성적으로 감성이 뛰어났던 천재인 허난설헌이 자신만의 정서와 자신만의 뜻을 시에 싣는 것은 너무나 당연한 것이다. 그러므로 〈보허사〉 같은 시도 유몽득의 체를 본받았다 하지만 궁극적으로는 자신의 세계를 담은 허난설헌만의 시라 보는 것이 옳다. 명나라에서도 성당 풍격의, 전칠자·후칠자의 한 목소리 시가 한 때 시대를 풍미했던 것처럼 허난설헌이 살던 조선의 그 시대 또한 그러했었다. 그런데도 오직 난설헌만을 가리켜 누구 누구의 작품을 모방했다고 지적하는 것은 그 시대의 문학적 흐름에 대하여 무지하거나 의도적인 폄훼가 아닐 수 없다.

그러나 이런 성당풍의 시인으로서 합류하기까지의 수련과정도 쉬운 것은 아니었다. 허난설헌과 같은 여성이 뛰어난 재주를 발휘하기 위해서 여성은 여러모로 불리했던 것이 전통적인 사회였다. 이런 점은 조선이 특히 심했지만 중국이나 일본 역시 마찬가지였으며, 인류사를 통해서 이 점은 세계적으로 같았다고 볼 수 있다. 스승을 정해서 집중적인 글 읽기나 시 짓기의 교육을 받는 남성들과 어깨를 나란히 하기 위해서 허난설헌은 홀로 글 읽기에 열중하는 시간이 더 많았을 것이다. 그러다 그의 놀

랄만한 재능이 오빠들의 눈에 띄고 누이의 재주를 아깝게 느끼던 남자 형제들은 난설헌을 위하여 공부에 많은 도움을 주었을 것이라고 본다. 손곡 이달에게 시를 배울 수 있었던 것도 그런 배려 중의 하나였다. 그러나 집중적인 훈련과 교육이 아닌 어깨너머로 배우는 난설헌이 공부를 남자들과 겨누기 위해서 얼마나 많은 노력을 기울여야 했을지 짐작이 간다. 그의 천재적인 재능이 없었다면 그 많은 작품들을 만들지는 못했을 것이다.

이런 허난설헌은 당시를 열심히 공부했기 때문에 당시에 대한 지식도 매우 깊었다. 시의 격식 뿐만 아니라 음률을 완전히 이해하고 있었기 때문에 격률(格律)을 더욱 엄격하게 요구하는 사(詞)에서도 능숙했다.

누님이 자신이 사(詞)를 지으면 율(律)에 맞는다고 스스로 자랑하면서 소령(小令) 짓기를 좋아했다. 나는 누이가 속인다고 생각하고 『시여도보』(詩餘圖譜)를 보니 구마다 그 옆에 중요 표가 있었다. 어떤 자는 전청(全淸) 전탁(全濁)이고 어떤 자는 반청 반탁이라고 해놓고 글자마다 음을 달았다. 시험삼아 그것을 가지고 맞추어보니, 어떤 것은 다섯 자가 틀리고, 어떤 것은 세 자가 틀렸지만 크게 어긋난 곳은 하나도 없었다. 그래서 누님의 천재적 재주를 알고서 머리를 숙이고 그 뒤를 좋았다. 누님은 공을 들여 쓰지 않아도 모두 이와 같이 잘 지었다. 〈어가오〉(漁家傲) 한 편이 있는데, 모두 음률에 맞고 한 글자만 맞지 않았다.[35]

이처럼 허난설헌이 시를 자유롭게 지을 수 있었던 것은 그만큼 당시를 읽고 공부했다는 것인데, 그 당시에 조선에는 『당음』(唐音) 『당시품휘』(唐詩品彙) 『당시산』(唐詩刪) 『당절선산』(唐絶選刪) 등의 당시집들이 많이 읽혔음을 기록을 통해서 알 수 있다.

그 밖에도 허난설헌은 특정 시인을 좋아해서 그의 시를 본받아 쓰는 방법인 시체(詩體)가 세 편 남아 있다. 효(效)라는 말은 본받았다는 뜻인데 이런 효는 이미 하나의 시 창작 방법으로 쓰이던 것으로 당시에도 이런 효(效)를 붙여 쓴 제목의 시가 많은 것이 사실이다. 효(效)는 형식상의 모방이기는 하지만 시를 차운(次韻)하는 것에 비하면 훨씬 유연성 있는 창작이라서 모방이라기 보다는 창작이라고 해야 한다. 허난설헌의 〈효최국보체〉(效崔國輔體)는 만당 때의 시인 한악(韓偓, 840~923)의 시에도 4수가 있는데 이런 효(效)체는 한시에서 흔히 볼 수 있는 방법이다. 〈효최국보체〉 외에도 허난설헌은 〈효이의산체〉〈효심아지체〉를 남겼는데 특별히 이들 시인의 작품을 좋아해서 이들의 시체를 따서 만든 작품들이다.

이의산체를 본 따서 난설헌이 시를 쓴 것은 이의산의 많은 무제시에 보이는 소재인 남녀간의 애정에 특별한 매력을 느꼈기 때문이다. 또한 심아지체를 본 딴 난설헌의 시는 그가 심아지가 잘 다루었던, 사람과 신 사이의 애정과 결혼이라는 제재에 흥미를 느꼈기 때문일 것이다. 심아지의 시는 현재 20여 편밖에

---

35) 許筠, 『學山樵談』 卷7. (『허균전집』, 성균관대 대동문화연구소, 1981).

남아 있지 않다 하며, 그의 유명한 작품은 전기(傳奇)인데 이 전기문의 내용들이 사람과 신을 대상으로 하여 애정과 결혼 이야기를 담고 있으니 신비하면서도 기이한 느낌을 주는 판타지의 세계라고 할 수 있다. 최국보체를 본 뜬 것도 마찬가지로 최국보 시의 특징인 여인들의 정을 은밀하게 표현하는 방법에 매력을 느꼈기 때문에 효(效)를 했는데 허난설헌의 〈효최국보체〉도 여인들의 바로 그러한 규정(閨情)을 담고 있다. 그러나 이러한 허난설헌 시의 효는 단순한 모방이 아니라 새로운 뜻과 이미지를 창출하여 결코 모방으로만 떨어지지 않았다는데 의미가 있다. 그만큼 효(效)는 하나의 시체(詩體)로서 모방이 아니라 새로운 의경(意境)을 표현하는 것이라고 이해하면 될 것이다.

난설헌의 많은 시들은 조선의 한 규중 여성이 쓸 수 있는 내용의 시들이 아니다. 그가 시 속에 담은 체험과 상상력은 자신의 광범위한 독서력에서 나왔다고 본다. 난설헌이 많이 쓴 신선들의 세계 역시 그렇다고 볼 수 있다. 이를테면 〈축성원〉(築城怨)이나 〈빈녀음〉(貧女吟) 혹은 장사꾼을 노래한 〈가객사〉(賈客詞) 같은 시를 쓰기에는 허난설헌의 삶이 이런 내용들과 너무 동떨어져 있다. 곱게 자란 사대부 집안의 규수가 〈빈녀음〉과 같은 가난을 겪었을 리 없고, 〈축성원〉에서처럼 성을 쌓는 사람들의 노역의 고통을 보았을 리도 없다. 〈가객사〉와 같은 시도 그렇다. 정처없이 이리 저리 떠도는 장삿배 선원들의 노래인데 허난설헌이 그들을 어떻게 보았고 그들의 애환을 어떻게 알았겠는가. 이런 이유로 많은 사람들은 난설헌의 시를 그녀가 지은 시가 아니다라는 근거 없는 말도 퍼뜨렸다. 그러나 난설헌처럼 호기심 많은 천재는 직접 겪어보지 않고도 그가 읽고 들었던 수많은 책 속에서 얼마든지 그런 소재들을 끄집어낼 수 있는 것이다.

악부체(樂府體)의 이 시들은 내용부터가 민요적인 느낌을 준다. 한 사람 개인의 서정이라기 보다는 공동의 정서가 포함된 흘러 다니는 노래라는 느낌, 그러면서도 우리나라의 민요하고는 다른 느낌을 주는 것은 이들 시 속에 나오는 소재들이 중국의 것들이기 때문일 것이다. 악부시의 원래 모습이 민간인들에게서 수집한 곡조가 있는 가사였다는 것은 다 함께 읊조리던 공동체적인 노래이자 가사였음을 말하는 것이다. 허난설헌이 지은 위와 같은 시들도 난설헌 개인의 정서를 담은 시가 아니다. 그의 호기심이 그와 같은 하층민의 삶과 노래에까지도 관심을 갖게 했던 것일 뿐이라고 본다. 이 가운데 〈빈녀음〉 3수를 소개해 보겠다.

豈是乏容色
工鍼復工織
少小長寒門
良媒不相識

용모가 어찌 남보다 빠지랴
바느질도 길쌈도 또한 잘하네

어려서부터 가난한 집에서 자라
좋은 중매가 알아주지 않는구나

夜久織未休
機中一匹練
憂憂鳴寒機
終作阿誰依

밤 깊도록 쉬지도 않고 길쌈을 짜니
찰칵찰칵 베틀 소리 차갑게도 울리네
베틀에 있는 한 필의 비단
끝내 누구의 옷을 짓게 될까

手把金剪刀
夜寒十指直
爲人作嫁衣
年年還獨宿

쇠 가위 잡은 손
밤이 되니 열 손가락 곱아지네
다른 사람의 혼수를 짓고 있으나
해가 바뀌어도 홀로 잠자네

〈빈녀음〉(貧女吟)

가난한 집의 혼기를 넘긴 처녀에게 자신의 생각을 실어 쓴 이 시는 허난설헌이 자유롭고 화려한 신선들의 세계 같은 것에만 관심이 있던 것이 아니라는 걸 확인시킨다. 가난한 집이라고 중매가 들어오지 않아서 시집도 못 가고 베틀에 앉아 남의 혼수감이나 짜야 되는 처량한 화자의 눈물이 금방 느껴질 듯한 이 시는 사실감이 넘친다. 〈축성원〉에서도 나라에서 시켜 성을 쌓고는 있지만 백성들의 고단함은 말할 수 없을 정도였을 테니, 허난설헌의 관심사는 매우 넓고 컸다는 것을 알겠다. 오죽하면 허난설헌은 삼한(三恨)을 마음에 품고 살다가 요절하고야 말았겠는가.[36]

---

36) 김용숙, 『조선조 여류문학의 연구』, 숙명여대출판부, 1979, p.371.
  허난설헌의 삼한은 다음과 같다.
  1) 하필이면 이 넓은 세상 중에 한반도에 태어났는가.
  2) 하필이면 왜 여자로 태어낫는가.
  3) 하필이면 하구 많은 남성 중에 김성립의 안내가 돼야 했던가.
  허난설헌이 가졌다는 위에 언급한 소위 三恨은 언제 누구의 입에서 처음 나왔는지 분명하지 않다. 최근 연구자들에서 쉽게 찾아볼 수 있는 페미니즘적 시각으로 볼 때 이 삼한은 흥미를 일으킬 수 있는 조선시대 여성상의 한 모습일 수가 있을 것이다. 그러나 이러한 시각은 허난설헌 문학의 작품 본래의 문제를 벗어난 흥미 위주로 접근하게 되는 위험성이 있다고 본다.
  필자의 조사에 의하면 恨의 시인으로서 허난설헌에 대한 고찰은 1917년 일본 유학생들의 기관지였던 『학지광』(學之光) 4월호에 역사학자 이병도가 〈규방문학〉이라는 글에서 난설헌의 시를 '규리원한(閨裏怨恨)'으로 간파하면서 처음 소개됐다. 그 후 국문학자, 이숭녕이 1930년에 『청량』(淸凉)에 '허부인 난설헌'이라는 제목으로 발표한 내용에서 삼한을 난설헌의 작품에 비추어 풀이한 적이

　이런 하층민의 노래 뿐만 아니라 〈새하곡〉(塞下曲)과 같은 국경 수비대의 노래도 시집에 다섯 수가 수록되어 있으며, 〈출새곡〉(出塞曲)·〈입새곡〉(入塞曲)과 같은 변방의 전쟁터 상황을 노래한 다섯 수의 시도 실려 있다. 허난설헌의 관심사가 섬세한 감성의 노래에서부터 거칠고 웅혼한 남성들의 세계까지 뻗쳐 있음을 알 수 있다. 그러나 이러한 시들은 난설헌 뿐만 아니라 시를 짓는 사람들은 같은 제목의 시를 많이 지었을 정도로 악부시의 단골 제재이다. 손곡 이달의 시에도 〈출새곡〉(出塞曲)이 남겨진 것을 보면 이런 류의 시가 개인의 독창적 생각보다는 공동체적인 의식에서 나온 민요풍의 시라는 것을 알 수 있다. 그럼에도 불구하고 이런 시들에서 느껴지는 민요풍은 누구나 읊조릴 수 있는 공동체적 정서를 지니고 있다 해도 시인의 개성이 반영되지 않은 것은 아니다.

있다. 따라서 허난설헌의 삼한은 허난설헌 자신의 입에서 나온 말이 아니고 후대의 인물들이 지어낸 말이라고 할 수 있다.

4. 글을 나가며

난설헌의 시는 오랜 세월을 기다리며 제대로 평가 받을 수 있는 시대를 기다려야 했다. 규중에서 남편 뒷바라지 하면서 살림이나 해야 할 여성이 남성보다 더 많은 시와 더 훌륭한 작품들을 남겼다면 그것은 조선시대의 정신을 지배하던 유교적 가치로 판단할 때 결코 바람직스러운 현상이 아니었기 때문에 때를 기다려야 했다는 뜻이다.

이러한 평가는 허난설헌의 시가 중국 문단에서 돌풍을 일으키며, 시집과 더불어 많은 시선집에 그의 시가 수록돼 왔던 것과는 너무나 대조적이다. 그나마 난설헌의 사후 얼마간까지는 비난 일색은 아니었다. 허균이 누이가 죽은 후 곧 허난설헌의 문집을 만들기 위해 유성룡의 발문을 얻었을 때도 서애 유성룡은 칭찬하여 말하기를, "어찌하여 허씨 집안에 뛰어난 재주를 가진 사람이 이렇게 많단 말인가"라고 감탄할 정도였다. 또한 선조 때의 선비 심수경(1516~1599)은 『견한잡록』에서 허난설헌의 〈백옥루상량문〉(白玉樓上梁文)은 많은 사람들이 외워서 전하고 시 또한 절묘한데 안타깝게도 일찍 죽어 아깝다고 말한 바 있다.

그러나 허난설헌 시를 극찬한 두 사람은 둘 다 선조 때 활동했던 인물들임에 주목할 필요가 있다. 그들은 모두 허균이 역모 혐의로 죽임을 당하기 전에 활동했던 인물들이기 때문이다. 그러므로 허난설헌 문학에 대한 비난과 폄하는 유교적 가치관에

의한 잣대일 수도 있지만 한편으로는 동생 허균의 역모사건과 그 후유증 때문일 수도 있는 것이다. 역모에 연루된 허균과 그의 형제들을 긍정적으로 평가한다는 것이 당시 사회에서는 허용될 수 없는 일이기 때문이다. 역모 사건 이후 양천 허씨 집안은 멸문이 되다시피 했고, 허균의 저서 역시 한동안 금서처럼 숨겨져 있을 정도였다면 당대 사회에서 던져진 이 사건의 정치적 충격이 얼마나 컸는지 짐작할 수 있다.

또한 허난설헌 시에 대한 표절 혐의도 너무 엄정한 잣대에 의한 희생이라고 말할 수 있다. 중국의 대시인, 두보의 시나 한유의 산문에도 한 글자도 유래가 없는 곳이 없는데, 후세 사람들은 글을 읽은 것이 적기 때문에 한유와 두보가 새로운 말을 만들어 내었다고 생각한다라는 평이 있듯이 엄정한 잣대로 잰다면 세상의 모든 시와 문장은 표절이 아닐 수 없는 것이다. 더군다나 허난설헌은 수많은 전적(典籍)이 쌓여 있는 집에서 자연스럽게 독서하고 시를 배웠던 시인이기 때문에 그의 내면에 담겨있던 지식과 시들은 자연스럽게 자신의 작품 속에 용해되어 새 모습으로 탄생한 것이다. 이것은 고전시론에서 말하는 용사나 환골탈태, 혹은 점철성금(點鐵成金) 등으로 불리는 시 창작 방식으로 해석되어야 할 것이며, 현대시론에서 말하는 패러디 기법과도 유사한 것이다. 따라서 앞으로 허난설헌 문학의 연구도 이와 같은 관점에서 서술되어야 할 것이라고 보며, 한국문학사에서도 허난설헌 문학에 대한 적극적인 언급이 있어야 할 것이다.

강정일당(姜靜一堂)의
시와 산문

1. 들어가는 말

　　조선 후기 영조~순조시대에 걸쳐 행적을 남긴 강정일당 (1772~1832)은, 경제적으로 매우 빈한하여 생계마저 위협을 받는 생활을 하면서도 학문에 대한 집념이 대단해서 유교의 13경을 두루 읽어 연구하고 암송하였으며, 성(誠)과 경(敬)으로 심성수양 하는 것을 잠시도 게을리 하지 않는 유학자요 여류문인이었던 것으로 알려지고 있다. 그러므로 성리학(性理學)과 경술 (經術)에 밝았을 뿐만 아니라 시와 서화에도 능했다고 한다.

　　그러나 강정일당은 '문장비부인지사(文章非婦人之事)'[37] 라고 하여 자작 詩·文들을 대부분 파기했던 것으로 알려지고 있다. 그러므로 남편인 윤광연(尹光演)도 강정일당이 지은 글을 별로 접할 기회가 없었는데, 사별한 뒤 유인(孺人)이 사용한 궤짝 속에서 미처 버리지 못한 詩·文들이 흩어져 있는 것을 발견하고 수습 정리하여 개인 문집으로 간행하였는 바, 그것이 바로 『정일당유고(靜一堂遺稿)』다. 처음에는 유인의 뜻에 따라 그 詩· 文들을 모두 버리려고 하였으나, 얼마 남지 않은 유문(遺文)들이지만 뜻이 깊고 단아하여 길이 세인들에게 교훈이 될 만하다고 생각되어서, 그 유고들을 정리 편집한 다음 전대사간 윤제홍 (尹濟弘)에게 서문을 부탁하고 몇몇 유학자들로부터 발문(跋

---

37) 『靜一堂遺稿』初刊本, 3쪽. 序文.

文)을 받아 문집의 형식을 갖추어 책으로 간행하게 되었다고 한다. 현전 『정일당유고』는 1836년 윤광연의 스승 강제(剛齊) 송치규(宋穉圭)에 의해 발행된 초간본과 1926년에 몇몇 유생들이 강정일당의 인품과 학덕을 후세에 길이 전하고자 복간한 중간본 등 2종이 전하고 있다.

본 글은 초간본 『정일당유고』를 중심으로, 첫째 강정일당 시와 산문의 사상적 구축기반에 대하여 살펴보고, 다음으로 강정일당 시와 산문의 내용적 특성에 관해 고찰한 연후에, 조선 후기 유학자이자 여류문인으로서 그 위상을 정립시켜 보는 데 주력하였다.

2. 강정일당 시와 산문의 사상적 구축기반

유교사상을 정치·사회의 주된 이념으로 삼았던 조선시대에는 여성에 대한 편견이 극심하여 여자들은 정상적인 교육을 받을 기회가 거의 없었다. 그러나 16세기 이후부터 양반 가문의 부녀자들 중 개별적인 사교육을 통해서 유교경전을 배우고 詩·文이나 저술을 남긴 분들이 간혹 있었다. 신사임당(申師任堂), 허난설헌(許蘭雪軒), 서영수합(徐令壽閤), 김삼의당(金三宜堂), 이사주당(李師朱堂), 이빙허각(李憑虛閣), 임윤지당(任允摯堂) 그리고 강정일당(姜靜一堂) 등이 바로 그러하다.

강정일당은 결혼 전에 가정에서 사사로이 한문(漢文)을 공부하고 서예도 어느 정도 익혔다고 한다. 그러나 본격적으로 유교경전을 독송하기 시작한 것은 남편 윤광연이 사업에 실패하고 학문에 주력하기 시작하던 때로, 강정일당의 나이 이미 30세가 다 되어서였다.[38] 극심한 빈곤 속에서 삯바느질로 생계를 유지해 나가며, 남편 윤광연이 학업에 전념할 수 있도록 내조를 하는 것만도 버거웠을 텐데, 바느질감을 손에 들고 한쪽 구석에 앉아 남편의 글 읽는 소리를 들으며 틈틈이 경전을 공부하였다. 그리고 성리학의 철학적 탐구를 통해 여성도 본질적으로 남성과 다를 바 없으며, 학문과 덕성수양을 통해 요(堯)임금이나 순

---

38) 『靜一堂遺稿』 初刊本, 7쪽. 詩 「始課)」.

(舜)임금과 같은 성인의 경지에도 도달할 수 있다는 강인한 자아의식을 성취하였다.[39] 그러므로 강원회(姜元會)는 강정일당의 뇌문(誄文)을 쓰면서 다음과 같이 극찬하였다.

> … 성정의 바른 것은 詩經의 관저에서 얻은 것이고, 성실을 밝힌 철학은 中庸에서 얻은 것이며, 안빈낙도하는 생활은 안회(顔回)의 단표누항에 부끄럽지 않다. 시에서 발휘된 문장은 성리학의 명문에 포 함시킬 만하고, 단정한 필체에는 심성수양의 경건함이 드러나 있으며, 서간문에는 학문성취의 결과가 나타나 있다. … [40]

또한 강정일당은 가정을 다스리는 법도에 있어서도 반듯하여 가깝거나 먼 사람들을 접대함에 있어서 한 번도 결례를 범하지 않았으며, 비록 성긴 밥과 나물국, 묽은 술과 적은 안주라도 반드시 정결을 다하여 손님들이 가난을 잊고 즐거운 마음으로 들 수 있게 하였다. 그리하여 한편으로는 내조를 통해 남편 윤광연이 학문에 전념할 수 있는 환경을 조성해주고, 또 한편으로는 과오를 범하지 않도록 충고를 아끼지 않았다고 한다. 따라서 강정일당은 남편 윤광연의 실질적인 스승이나 다름이 없는 존재였다고 해도 과언이 아니다. 이에 관한 실증적인 자료나 다름이 없는 글로, 윤광연이 쓴 「제망실유인강씨문(祭亡室孺人姜氏文)」의 일부를 소개해 보

---

39) 『靜一堂遺稿』初刊本, 47쪽. 尺牘(允摯堂曰 …)
40) 『靜一堂遺稿』初刊本, 132쪽. 附錄「孺人靜一堂姜氏誄文」.

면 다음과 같다.

> … 기필코 나를 중도의 바른 자리에 서게 하며, 천지간
> 에 과오가 없는 사람으로 만들려고 하였다. 내가 우둔하여
> 다 실천하지 못하였지만, 좋은 말과 바른 충고는 죽을 때
> 까지 가슴에 새겨둘 것이다. 이 때문에 부부지간에 마치
> 엄한 스승을 대하듯 하였고, 조심하고 공경하여 조금도 소
> 홀함이 없었다. …41)

강정일당은 경제적으로 매우 빈한하여 생계마저 위협을 받는
생활을 하면서도 이처럼 아내로서의 도리를 완벽하게 이행하였
을 뿐만 아니라, 학문에 대한 집념 또한 대단하여 유교의 13경
을 두루 읽어 연구하고 암송하였으며, 성(誠)과 경(敬)으로 심
성수양 하는 것을 잠시도 게을리 하지 않는 유학자요 여류문인
이었던 것으로 알려져 있다. 그리고 강정일당은 13경외에 다른
전적들도 많이 읽어서 고금의 역사와 정치 변동에 관해 밝게
알고 있었으며, 경전(經典), 역사(歷史), 정치(政治), 정전제(井
田制), 귀신(鬼神), 곤충(昆蟲), 초목(草木) 및 일상생활 등에
관한 제반 문제들을 남편과 함께 궁리하고 토론하여, 그 결과를
두 권의 책으로 엮어 수양과 실천의 덕목으로 삼았다고 한다.

---

41) 『靜一堂遺稿』 初刊本, 126쪽. 附錄 「祭亡室孺人姜氏文」(…必使吾
　　立於中正之域　爲天地間無過之人　雖吾闇劣　未能悉踪　然嘉言格論
　　終身服膺　所以夫婦之間　嚴若尊師　肅肅祗祗　罔或有忽…)

또한 다른 사람의 언행 중에 선한 것이 있으면 낱낱이 기록으로 남겨 교훈으로 삼고, 하나하나 정리하여 책으로 엮은 것이 총 30여권에 달하였는데[42], 대부분 다 유실되고 극히 일부의 글들만 남편 윤광연에 의해 수습 정리되어 전하고 있다.

강정일당이 유교의 경전들을 읽고, 그 요체를 정밀히 파악하고 연구하여 논의한 글 가운데 일부가 行狀에 기록되어 전하고 있다. 그 중에도 『中庸』의 계신장(戒愼章)에 관해서는 남편의 스승인 강제(剛齊) 송치규(宋穉圭)와 편지로 문답까지 했던 정황으로 미루어 보아, 『中庸』에 대해서는 특별한 관심을 가지고 심도 있게 연구 검토했던 것으로 보인다.

강정일당은 『中庸』의 '천명지성(天命之性)'에 대하여, 하늘이 부여한 성품이란 자사(子思)가 언급한 '도덕의 근원'을 극도로 높여서 말한 것으로, 결코 공중에 뜬 애매한 소리가 아니라고 역설하고, 하늘이 부여한 성품에는 애당초 남녀의 차별이 없다고 주장하였다. 그러므로 여성으로 태어났다고 해서 스스로 태사(太姒)나 태임(太任)과 같은 성인이 되기를 기약하지 않는다면, 스스로 스스로를 포기한 사람으로 볼 수밖에 없다고 전제하고, 여성도 결심과 노력의 여하에 따라 성인이 될 수도 있고 소인배로 전락할 수도 있다고 단언하였다.[43] 이는 여성도 본성적인 측면에

---

42) 『靜一堂遺稿』 初刊本, 109쪽, 附錄(行狀)

43) 『靜一堂遺稿』 初刊本, 47쪽. 尺牘(允摯堂曰)
　　『靜一堂遺稿』 初刊本, 109쪽. 附錄(行狀)

서 남성과 동일하다는 것을 강조한 것임과 동시에 男女의 평등을
주장하고 있는 것으로도 볼 수 있어 크게 주목된다.

요컨대 강정일당은 여성으로서의 직분을 다하면서 성현의 경
전에 대해서도 침잠 연구하여 마음을 수양하고 몸을 닦는 요령
을 터득하였으며, 일을 처리하고 사람을 접대하는 방도가 정통
유교의 바른 길에서 조금도 벗어나지 않았다. 그리고 성과 경으
로 심성수양 하는 것을 중시한 학풍으로 미루어 보아,[44] 강정
일당은 성리학에 대한 관심과 조예가 깊은 유학자라고 할 수
있다. 강정일당은 평생 동안 학문을 독실히 탐구하고, 천지와
사람의 이치를 궁구하고, 성품과 천명의 근원을 연구하였다. 그
렇지만 학문의 진전이나 문학적 업적보다는 심성수양과 도덕적
실천을 더 중시하였다. 그러므로 가정에서의 애환이나 그리움
자연의 풍광 등을 소재로 삼은 당시 여성 문인들의 詩·文과는
달리, 강정일당의 詩·文은 대부분 수신과 궁리에 역점이 두어
져 있고, 낭만적이거나 서정적인 요소는 거의 찾아 볼 수 없
다.[45] 그 때문에 당시 선비들이 강정일당의 인품과 문재를 높
이 평가하였을 뿐만 아니라, 문집을 편찬할 때 서(序)와 발(跋)
그리고 만장(輓章) 등을 써주는 등 그 성원이 대단했던 것으로
보인다.

---

44) 『靜一堂遺稿』初刊本, 14쪽. 詩「誠敬吟」.
　　　『靜一堂遺稿』初刊本, 52쪽, 記「晚醒齋記」.
45) 『靜一堂遺稿』初刊本, 142쪽. 附錄「靜一堂詩跋」.

　따라서 영조~순조시대에 걸쳐 행적을 남긴 성리학에 조예가 깊은 유학자요 여류문인인 강정일당의 詩·文에 관한 연구는, 조선 후기 유학의 여성계 보급과 여성들의 학문 활동 및 의식 변화 등을 파악하고 이해하는데 기여할 수 있을 뿐만 아니라, 한국 漢文學史의 새로운 장을 열어나가는 데에도 일조를 할 것으로 기대한다.

3. 강정일당 시(詩)의 내용적 특성

강정일당의 시는 오언절구 24편, 칠언절구 7편, 오언율시 4편, 사언고시 3편, 기타 5편 등 총 43편이 전하고 있으며, 그 주제는 대부분 학문에 대한 집념, 심성수양, 안빈낙도, 자연의 관조, 달관(득도)의 체험, 권학, 도덕적 훈계 등에 집중되어 있는 바, 이를 도식을 통해 종합 정리해 보면 다음과 같다.

형 식	작품명	연 대	주 제	비 고
五言 絶句 (24편)	敬次尊姑只一堂韻	1797	학문에 대한 집념	
	始課	1798	학문에 대한 집념	
	見書童被撻	1798	훈계	
	山家	1798	안분 자족	
	自勵	1798	권학	
	性善	1798	권면수양	
	呈夫子	1798	권학	
	偶吟	1822	권면수양	
	夜坐	1823	득도(달관)	
	坦園	1824	안분 자족	
	贈朴仲輅	1826	권학	代夫子作
	勉諸童	1826	권학	代夫子作
	呈夫子	1826	권학	
	元朝敬呈夫子	1830	권면수양	
	除庭草	1830	득도(달관)	
	示誠圭姪	1830	훈계	
	壬午冬臨終詩	1832	득도(달관)	
	主敬	미상	권면수양	
	聽秋蟬	미상	자연의 관조	
	仰孔夫子	미상	공자 찬양	
	來客	미상	안빈낙도	
	坦園前路通乎康莊	미상	권면수양	
	謹次王舅戒吸煙草韻	미상	훈계	
	偶吟	미상	추모	
七言 絶句 (7편)	敬呈夫子行駕	1798	경계 당부	
	除夕感吟	1798	수신 다짐	
	病後	1822	득도(달관)	
	謝海石金相公惠貺新曆	1826	수신 다짐	代夫子作
	示同庚諸友	1826	권학	代夫子作
	謹次丈席湖灘詩韻	1826	추모	代夫子作
	奉寄宗人東伯	1831	공덕 찬양	代夫子作
五言 律詩 (4편)	讀中庸	1822	득도(달관)	
	奉獻青翰子尊大人回甲壽席	1826	회갑 송축	代夫子作
	除夜偶作	1826	권면수양	
	贈安秀才駿甲兼示高信義	1826	권학	代夫子作
四言 古詩 (3편)	示宗孫謹鎭婦	1822	훈계	
	坦園三章	1826	수신 다짐	代夫子作
	誠敬吟	미상	권면수양	
其他 (銘 5편)	筆筒銘(四言 三行)	미상	필통의 유용함	
	案銘(四言 四行)	미상	책상의 소중함	
	硯匣銘(六言 二行)	미상	벼루의 소중함	
	扇銘(三言 二行)	미상	부채의 기능	
	木鳥銘(三言 二行)	미상	木鳥의 굳은 절계	

위의 표를 통해서 알 수 있는 바와 같이, 강정일당의 시는 수신과 궁리에 역점이 두어져 있어서, 가정의 애환이나 그리움 자연의 풍광 등을 읊은 당시 여성 문인들의 작품과는 확연히 다른 시적 정서를 드러내 보이고 있다. 지면관계상 각 주제별로 한 작품씩만 선별 고찰해 보면 다음과 같다.

강정일당은 출가하기 전에 이미 가정에서 사사로이 한문교육을 받은 적이 있지만, 본격적으로 유교경전을 독송하기 시작한 것은 남편 윤광연이 사업에 실패하고 학문에 전념하기 시작하던 때부터였다. 남편 윤광연에게 학업을 닦도록 권유하여 윤광연이 그 청을 받아들이고 학문에 전념하게 되자, 강정일당 자신도 바느질감을 손에 들고 방으로 들어가 한쪽 구석에 앉아서 글 읽는 소리를 듣고 암송하며 남편과 함께 유교경전에 관한 공부를 재개했던 것으로 알려지고 있다.[46] 그 무렵에 지은 것으로 보이는 다음과 같은 시에 옛 성인의 경지에 도달하는 것을 목표로 삼아 일심으로 학문에 정진했던 강정일당의 남다른 집념과 이상이 잘 나타나 있다.

> 서른이 다되어서 글을 읽기 시작하니,
> 배움에 동서를 가리기 어렵네.
> 이제라도 모름지기 노력만 하면,
> 아마 옛사람의 경지에 가까워지겠지.

---

46) 『靜一堂遺稿』 初刊本, 42쪽. 尺牘(新凉入郊…).
　　『靜一堂遺稿』 初刊本, 103쪽. 附錄 「行狀」.

三十始課讀
於學未西東
及今須努力
庶期古人同[47]

　그렇다고 강정일당은 단순히 학문에만 전념한 것이 아니라 심성수양도 함께 병행하여, 성(誠)을 사람의 존립 근거로 보고, 경(敬)을 사람의 존재 조건으로 간주하였으며, 궁극적으로 이 두 가지를 도로 들어가는 관문으로 파악하였다. 그리고 사람의 마음이 모든 성정을 거느리기 때문에 경으로 마음의 주체를 세우지 않으면 멀고 힘든 수행의 과정을 이행해 나갈 수 없다고 보았다.[48] 그러므로 분발해서 멈추지 않는 자강불식의 노력을 중시하고, 득도의 길에 나태함을 결코 용납하지 않았다.

　　좋은 세월 하는 일 없이 다 보내고
　　내일이면 내 나이 쉰 하나.
　　밤중에 후회한들 무슨 소용 있으리,
　　餘生 동안 내 한 몸 닦는 수밖에.

---

47) 『靜一堂遺稿』 初刊本, 7쪽. 詩「始課)」

48) 『靜一堂遺稿』 初刊本, 14쪽. 詩「主敬」(萬里原天地　一心統性情　若非敬爲主　安能駕遠程).
　　『靜一堂遺稿』 初刊本, 15쪽. 詩「誠敬吟」(非誠曷有　非敬曷存　唯斯二者　入道之門).

　　無爲虛送好光陰
　　五十一年明日是
　　中宵悲歎將何益
　　且向餘生修厥己[49]

　　위의 시는 강정일당의 나이 51세가 되던 해에 지은 것으로, 지병이 악화되어 건강이 몹시 좋지 않는 상태였음에도 불구하고 수신만은 잠시도 소홀히 할 수 없다는 것을 확실히 천명해 놓은 작품이다.

　　탄원은 그윽하고 또한 고요해서,
　　단아함이 사람 살기에 적합하니.
　　홀로 천고의 전적을 탐구하며,
　　작은 오두막에서 고고히 살아가네.

　　坦園幽且靜
　　端合至人居
　　獨探千古籍
　　高臥數椽廬 [50]

　　위의 시는 순조 24년 강정일당의 나이 56세 때 지은 것으로, 탄원에 작은 초옥을 구하여 기거하면서 경제적 여건 때문에 온갖

---

49) 『靜一堂遺稿』 初刊本, 9쪽. 詩 「除夕感吟」
50) 『靜一堂遺稿』 初刊本, 10쪽. 詩 「坦園」

고초를 겪으면서도, 불평하거나 불편해하기보다는 오히려 안빈낙도의 고고한 생활풍습을 낙으로 삼고 자랑으로 여기며, 경전과 더불어 유유자적한 삶을 잘 견지해 왔음을 드러내 보이고 있다.

모든 나무에 가을 기운이 서리고,
매미 소리 석양에 어지러운데,
물성에 감응하여 나직이 읊조리며,
홀로 숲속을 거니네.

萬木迎秋氣
蟬聲亂夕陽
沈吟感物性
林下獨彷徨[51]

위의 시는 언제 지은 것인지 정확히 알 수는 없지만, 자연과 혼연일체가 되어 물성에 감응하는 경지에까지 도달할 수 있었던 점으로 미루어 보아, 강정일당의 학문이 원숙미를 발한 50세 이후의 작품인 것으로 추정된다.

여생이 사흘밖에 남지 않았는데,
성현이 되기로 한 기약을 저버려 부끄럽네.
늘 증자를 사모해 왔으니,

---

51) 『靜一堂遺稿』 初刊本, 15쪽. 詩 「聽秋蟬」

이제 자리를 바꾸어 떠나야지.

餘生只三日
慙負聖賢期
想慕曾夫子
正終易簀時 52)

위의 시는 강정일당이 별세하기 3일 전에 지은 것으로, 죽음
에 대하여 이미 달관해 있었던 것으로 보인다. 그러므로 생존을
위협받는 절박한 생활환경과 혈육이 전멸하는53) 비극 속에서도
스스로 자신의 도리를 다할 뿐, 운명을 탓하지도 않고 현실에서
도피하지도 않으면서 오로지 성과 경을 실천하는 데에만 주력
할 수 있었던 것이 아닌가 한다. 강정일당이 성과 경을 중시한
까닭은 다음의 시에 잘 나타나 있다.

誠이 없으면 어찌 살며
敬이 없으면 어찌 존재하리.
오직 이 두 가지만이
도로 들어가는 관문일세.

非誠曷有
非敬曷存

---

52) 『靜一堂遺稿』 初刊本, 14쪽. 詩「無題」
53) 강정일당은 슬하에 5남 4녀를 두었지만 모두 영아기에 잃었음.

唯斯三者
入道之門 54)

　　강원회(姜元會)가 행장(行狀)을 쓰면서 '유학을 계승한 정통 명문가에서 태어나 그 기상이 단정 장엄하고, 그 언사가 간결 정직하며, 그 거동이 자연스럽고 주밀하다'55)고 찬미한 것도, 강정일당이 성과 경을 토대로 끊임없이 수행 정진하여 안빈낙도의 일관된 삶을 잘 견지해왔기 때문이라고 생각된다.

　　성인의 도는 큰 길과 같아서,
　　예나 지금이나 그것으로 말미암도다.
　　학문이란 다른 것이 아니라,
　　위를 향해 모름지기 탐구하는 것.
　　책 속에도 나침반이 있어,
　　뚜렷이 앞으로 나아갈 수 있다네.
　　부지런히 고삐를 바로잡고 나아가,
　　도의 경계에서 함께 유유자적하세.

　　聖道如大路
　　古今之所由
　　學文非別致
　　向上須探求

---

54) 『靜一堂遺稿』 初刊本, 16쪽. 詩 「誠敬吟」
55) 『靜一堂遺稿』 初刊本, 113쪽. 附錄 「行狀」

券中指南術
歷歷在前修
勉哉駕直轡
道域偕優遊[56]

　위의 시는 남편 윤광연을 대신해서 지은 것으로, 독서를 통해 옛 성현들의 가르침을 받아들이고 잘 이행해 나간다면, 득도의 길을 향해 앞으로 정진할 수 있을 뿐만 아니라, 달관의 경지에서 함께 유유자적의 락을 누릴 수도 있게 될 것이니, 부디 학문 탐구에 매진해 주길 바란다고 노래하였다.

　　　정절과 정성을 으뜸으로 삼고,
　　　순종을 임무로 여기게.
　　　이것이 부녀의 도리이니,
　　　자네는 모름지기 이것을 힘쓰게.

貞慤首矣
順從務焉
是婦道也
爾須勉旃[57]

　위의 시는 종손 근진(謹鎭)의 처에게 보낸 것으로, 출가한 여

---

56) 『靜一堂遺稿』 初刊本, 13쪽. 詩 「贈安秀才駿甲兼示高信義」
57) 『靜一堂遺稿』 初刊本, 10쪽. 詩 「示從孫謹鎭婦」

인이 지키고 실천해 나가야 할 가장 큰 덕목이라고 할 수 있는
부도(婦道)가 무엇인지를 밝혀 훈계한 작품이다.

변하지 않는 선생의 뜻이여,
오직 옛 성인을 배우고자 기약하셨네.
알면 반드시 행동으로 실천하고
사물을 대함에 몸을 먼저 바르게 하셨네.

斷斷先生志
唯期學古聖
有知行必踐,
應物身先正58)

위의 시는 언제 누구를 추모하기 위해 지었는지 확실히 알
수는 없지만, 학문에 대한 남다른 집념을 가지고 성인의 경지에
도달하고자 결심한 높은 이상 실현의 추구자라는 점으로 미루
어보아, 강정일당이 평소에 특별히 경모해왔던 임윤지당(任允摯
堂)을 두고 읊은 것이 아닌가 싶다.

이상 고찰한 바와 같이 강정일당의 시는 오언절구와 칠언절
구로 이루어진 작품이 총 43편 중 31편으로 절대 다수의 비중
을 차지하고 있고, 나머지 12편은 오언율시, 사언고시, 기타 등
의 시형에 해당된 것으로 밝혀졌다. 그리고 내용적으로는 학문

---

58) 『靜一堂遺稿』 初刊本, 16쪽. 詩 「偶吟」

에 대한 집념, 심성수양, 안빈낙도, 자연의 관조, 달관(득도)의
체험, 권학, 도덕적 훈계 등을 주제로 한 작품들이 대부분을 차
지하고 있고, 그밖에 추모, 칭송 등을 주제로 한 작품이 일부
포함되어 있는 것으로 나타났다. 따라서 강정일당의 시에서는
낭만적이거나 서정적인 요소를 거의 찾아볼 수 없는 것이 사실
인데, 이는 강정일당이 평소에 성리학적 유교규범을 엄격히 지
키고 실천하며 심성수양에 관한 소재들을 정리하고 다듬어 글
로 표현하는 것을 중시해 왔기 때문인 것으로 간주된다.

4. 강정일당 산문(散文)의 내용적 특성

강정일당은 43편의 시(詩) 외에 서(書) 7편, 척독(尺牘) 76
편, 별지(別紙) 6편, 기(記) 3편, 제발(題跋) 2편, 묘지명(墓誌
銘) 3편, 행장(行狀) 3편, 제문(祭文) 3편, 잡저(雜著) 2편 등
상당히 많은 분량의 산문도 남기었는데, 이 또한 문체가 질박
강건하여 도학적인 취향을 확연히 드러내 보이고 있다. 강정일
당의 산문을 유형별로 종합 정리해 보면 다음과 같다.

분　류	작품명	연　대	주　제	비　고
書(7편)	與姜就如書	1808	問喪	代夫子作
	與宗中書	1814	族譜 간행 문제	代夫子作
	與宗人光周書	1815	行狀 작성 문제	代夫子作
	與宗人釜山之謙	1816	問喪	代夫子作
	與豊川宗人澤霖	1824	問安	代夫子作
	與舅氏權烏齋慰書	미상	問喪	
	上夫子書	미상	勸勉修身	
尺牘 (76편)	76편 모두 남편에게 보낸 짧은 편지들로, +제목이 없이 용건만 간명하게 기술하였음	미상	勸學, 學問執念, 禮儀凡節, 忠告, 喪禮(祭禮), 修養, 得道, 敎育, 孝行, 內助, 男女平等	
別紙 (6편)	師門往復別紙(1)	1803	深衣에 관한 문답	代夫子作
	師門往復別紙(2)	1808	戒愼恐懼에 관한 문답	代夫子作
	師門往復別紙(3)	1809	神主의 작성에 관한 문답	代夫子作
	師門往復別紙(4), (5)	1809	祭禮에 관한 문답	代夫子作
	答金富平別紙	1811	喪禮에 관한 문답	代夫子作
記(3편)	先祖永隱公塋墓記	미상	先祖 墓를 다시 세운 심회	代夫子作
	晩醒齋記	미상	편액 '晩醒齋' 해설	代夫子作
	坦園記	미상	坦園의 유래와 의미	代夫子作
題跋(2편)	書世牒後	1808	世牒을 완성한 감회	代夫子作
	書外王考妣遺事後	1814	外祖父母의 遺事 번역 소감	代夫子作
墓誌銘 (3편)	孺人金氏墓誌銘	1813	추모	代夫子作
	殤女瘞誌	1815	애도	代夫子作
	孝子李君壙銘	1822	애도	代夫子作
行狀 (3편)	前嫂孺人柳氏家狀	1811	회고와 추모	代夫子作
	外姑孺人安東權氏行狀	1815	회고와 추모	代夫子作
	恭人李氏行狀	1822	회고와 추모	代夫子作
祭文 (3편)	祭無心翁洪公文	1814	추모	代夫子作
	祭族弟聖寬文	1814	추모	代夫子作
	祭留取子金公允秋文	1820	추모	代夫子作
雜著 (2편)	思嗜錄	미상	先祖의 嗜好에 대한 회고	
	硯說示李童子弗億	미상	훈계	

위의 표를 통해서 알 수 있는 바와 같이, 강정일당의 산문 속에는 높은 학문, 뛰어난 지혜, 영민한 처신, 엄격한 예의범절, 인자하고 효성스러운 품성, 검소하고 청아한 생활풍습, 예리한 충고, 지극한 효성, 정성어린 내조 등에서 기인된 우아하고 격조 높은 생활정서가 은밀히 배어 있다. 강정일당의 인품과 생활정서가 가장 진솔하게 드러나 있는 것으로 보이는 척독(尺牘)에 큰 비중을 두어 산문의 내용적 특성에 관해 고찰해보면 다음과 같다.

이번에 선생님을 뵙고 오시면서 '非禮勿視聽言動'이란 글귀를 얻어 그것을 새겨 걸려고 하신다니 참으로 잘한 일이라고 생각됩니다. 이 네 구절은 안자의 질문에 대한 공자님의 답변으로, 안자가 성인의 경지로 나아가기 위해 평생 힘쓸 바가 무엇인지 물은데 대한 응답이었습니다. 더욱이 돌아 가신 시할아버지께서도 일찍이 이 구절로써 스스로 힘쓰시고 또 후학들을 가르치셨습니다. 바라 건대 당신은 공자께서 안자에게 전한 이 귀중한 말씀을 받들고, 선조께서 지극한 경계의 말씀으로 삼은 것을 생각하시고, 스승께서 힘쓸 것을 당부하신 뜻을 받들어, 밤낮으로 해이함이 없이 잘 지켜 나갔으면 합니다.

今番師門之行 受來非禮勿視聽言動字 將以刻揭書室 伏切喜行 此四句 孔聖所以答顔子 而 顔子所以終身請事 進於聖人者

也 且王舅府君 嘗書此自勉 以敎後人 伏願 夫子仰孔 顔傳受之
重念先世箴戒之至 承師門勉勵之意 日夜靡懈 常目在是 59)

위의 글은 남편 윤광연이 성심으로 학문에 주력하도록 권면
하기 위해 송부했던 것으로, 그 지혜가 남다를 뿐만 아니라 유
학에 대한 식견 또한 예사롭지 않음을 엿볼 수 있다. 그리고 강
정일당은 남편을 권면하기에 앞서 자신부터 학문과 심성수양에
一心으로 정진하였는데, 그 실상이 다음과 같은 서간문에 잘 나
타나 있다.

> 저는 일개 여자로 규방에 갇혀 있어서 들은 것도 아는
> 것도 없지만, 오히려 바느질과 빨래, 청소 등을 하는 사이
> 사이에 옛 경전을 읽으며 그 이치를 탐구하고 실천하여,
> 옛 사람이 닦았던 경지에 다가서려고 노력하고 있습니다.
> 하물며 당신께서는 대장부로서 도에 뜻을 두고, 스승을 모
> 시고 친구를 사귀면서 부지런히 나아가고 있으니, 어떤 배
> 움인들 불가능하며, 어떤 강의인들 밝지 못하 며, 어떤 실
> 천인들 이루지 못할 바가 있겠습니까? 인의로 말미암고 中
> 正을 세운다면 성인이나 현인이 되는 것을 누가 막을 수
> 있겠습니까?

> 妾是一箇婦人 身鎖閨闥 無聞無識 猶於針線灑掃之隙 覽古
> 經籍 窮其理而效其行 思欲與前修同歸 矧 夫子以大丈夫 立

---

59) 『靜一堂遺稿』初刊本, 23쪽. 書「上夫子書」.

心求道 從師取友 孜孜進益 則何所學而不能 何所講而不明
何所行而不達 由仁義 立中 正 成聖成賢 誰能禦之24 60)

또한 강정일당은 예학(禮學)에 관한 공부에도 많은 노력을
기울였으며, 예법이 천리의 절도요 형식이므로 먼저 어떤 것이
예법이고 어떤 것이 예법이 아닌지를 밝힌 연후에 자기의 사욕
을 과감히 끊고 천리를 실천해 나간다면 정도에 이를 수 있다
고 보았다. 그러므로 지아비의 지어미에 대한 배려라고 할지라
도 예에서 어긋나면 그냥 묵과하고 넘어가지 않았다.

    스승은 도(道)가 있는 곳으로서 임금이나 아버지와 일체
입니다. 스승을 찾아뵙는 것은 어버이를 찾아 뵙는 것과
다를 바 없는데 어찌 제 병 때문에 그만둘 수 있겠습니까?
비록 지금 병세가 심하 긴 해도 죽을 정도는 아닙니다. 당
신께서 도를 듣는다면 설사 죽는다고 하더라도 도리어 영
광이니, 급히 탈 것을 준비시켜 길 떠날 준비를 하소서.

    師者 道之所在 與君父一體 尋師之行 與省親無異 則何可
以賤疾停驂也 今病雖甚 未必死如 夫子聞道則雖死猶榮 願趣
駕戒程焉61)

위의 척독(尺牘)은, 남편이 자신의 병세가 심상치 않음을 보

---

60) 『靜一堂遺稿』 初刊本, 48쪽. 尺牘(妾是一箇婦人…).
61) 『靜一堂遺稿』 初刊本, 39쪽. 尺牘(師者道之所在…).

고 스승을 찾아뵙기로 했던 약속을 무산시키려고 하자, 사사로이 처자를 생각하느라 대의를 그르치는 것은 군자의 도리가 아님을 일깨워주기 위해 송부했던 것으로, 강정일당은 남편의 하는 일이 그릇되었다 싶으면 주저하지 않고 즉시 편지로써 그 부당함을 직언해 주었던 것으로 알려지고 있다. 따라서 강정일당은 아내로서의 도리를 잘 이행한 현모양처일 뿐만 아니라, 때로는 스승의 역할까지 하면서 남편을 바른 길로 인도해 주었던, 총명하고 지혜로운 여성으로 평가를 받기에 부족함이 없다고 하겠다.

뿐만 아니라 강정일당은 교육에 대한 관심 또한 특별하고 조예도 깊었던 것으로 보인다. 다음의 척독(尺牘)은 남편 윤광연이 어리석은 사람은 교화가 불가능하다고 단정한데 대한 자신의 견해를 피력한 것으로, 교화를 통해서 윤택하게 할 수 없는 사람이라고 단정하기 전에 교화를 통해 윤택하게 할만한 능력이 없는 자신을 먼저 걱정하라고 당부한 강정일당의 교육적 자성의 목소리가 높게 드러나 있다.

'물은 사물을 윤택하게 하지만 점토나 돌을 윤택하게 할 수는 없다'고 하신 말씀은 어리석은 사 람을 가리키는 것 같습니다. 만약 성인이라면 어느 한 측면을 들어 그런 사람까지도 교화시킬 수 있을지 어떻게 알겠습니까? 간절히 바라건대, 윤택하게 할 수 없다는 것을 걱정하지 마시고, 윤택하게 할 능력이 없음을 걱정하시기 바랍니다.

下敎 水能潤物而粘石不潤 此似爲下愚而發然 如使聖人當之
則安知或因其一端而化之也 竊願不患其不潤 而患不能潤[62]

강정일당은 효성 또한 남다른 면이 있었던 것으로 보인다. 다음에 소개한 글은 잡저(雜著) 중 「사기록(思嗜錄)」의 일부인데, 돌아가신 조부모님들의 취향과 즐겨 드시던 음식에 관해 보고 들은 바를 낱낱이 기록한 것으로, 기일(忌日)이 가까워지면 펼쳐 보고 고인(故人)의 기호에 맞게 제사 음식을 준비하여 생시와 다름이 없이 정성껏 제사를 모셨다고 한다.

시할머니 정부인 이씨께서는 육회를 좋아하셨으므로 돌아가신 시어머니께서 제사 때면 반 드시 육회를 마련하셨다.
돌아가신 시아버님 자재공께서는 딱딱한 음식을 좋아하시고, 돌아가신 시어머님 지일재께서는 담백한 반찬을 좋아하셨다. (중약)
물건 하나라도 제사에 쓸 만한 것이나 조상이 잘 잡수시던 것을 보면 구해서 성심껏 보관해 두었다가 제사 때 쓰는 것이 옳다. 그래서 나는 이것을 기록하여 깜박 잊어버리는 일에 대비하 고, 또 아이들로 하여금 항상 이것에 주목하여 조상에 대한 효성을 극진히 하게 하려고 한다.

---

62) 『靜一堂遺稿』 初刊本, 92쪽. 尺牘(拾遺) 〈下敎水能潤物而粘石不潤 …〉

祖姑貞夫人李氏　嗜肉膾　先舅姑臨祭必具　先舅自齋公嗜硬
物　先姑只一齋嗜潔膳 (중약) 苟見一物之合於祀用及先世嗜好
者　誠心藏儲　及其而用可也　余故錄此　以備忽忘　且令兒輩常
目於是　以盡報本追遠之誠云爾[63]

　다음의 척독(尺牘)은 남편의 복장이 검소하긴 하지만 청결하
지 못한 것을 보고 그것이 자신의 크나큰 실책임을 자성한 글
로, 가난한 선비의 아내인 강정일당의 겸손하고 진솔한 성품과
정성어린 내조의 자취가 잘 드러나 있다.

　문중자의 복장은 검소하면서도 깨끗한데 지금 당신의 복
　장은 검소하긴 하지만 깨끗하지는 못 합니다. 검소한 것은
　당신의 덕이지만, 때 묻고 땀에 절어도 빨지 않고, 실밥이
　터져도 깁지 않는 것은 저의 죄입니다. 잿물을 풀고, 바늘
　에 실을 꿰놓고 기다리오니, 청컨대 옷을 벗어주소서.

　中文子之腹　儉而潔　今夫子之腹　儉則儉矣　潔則未也　儉是
夫子之德　至於垢汚而未澣　綻裂而　未補　妾之罪也　謹和灰紉
針以俟　敢請[64]

　다음의 척독(尺牘)은 남녀평등문제에 관한 견해가 피력된 것
으로, 하늘로부터 부여받은 사람의 성품은 본래 남녀의 차별이

---

63) 『靜一堂遺稿』 初刊本, 88～89쪽. 雜著「思嗜綠」
64) 『靜一堂遺稿』 初刊本, 37～38쪽. 尺牘(文中子之服儉而潔 …)

없기 때문에 여성도 학문탐구와 덕성수양을 통해 끊임없이 정진해 나간다면, 성인의 경지에도 도달할 수 있다고 보는 이른바 강정일당의 근대적 사고에서 기인한 남녀평등사상이 드러나 있는 글이라고 할 수 있다.

윤지당이 이르기를, '내가 비록 여자의 몸이나 하늘로부터 받은 성품이야 애초 남녀의 차별이 있는 것이 아니다.'라고 했고, 또한 '여자로서 太任과 太姒같은 사람이 되기를 기약 하지 않는 사 람은 모두 스스로를 포기한 사람이다.'라고 했습니다. 그렇다면 비록 여자라도 노력만하면 역시 성인의 경지에 도달할 수 있지 않을까 하는데, 당신께서는 어떻게 생각하시는지요?

允摯堂曰 我雖夫人 而所受之性 初無男女之殊 又曰 婦人 而不以任姒自期者 皆自棄也 然 則雖婦人而能有爲 則亦可至 於聖人 未審 夫子以爲如何[65]

그러나 강정일당은 시집이나 친정이 다 경제적으로 매우 빈한하여 생계에 큰 어려움을 겪고 살았으며, 자식 복마저 없어서 5남 4녀를 낳았지만 단 한 명도 기르지 못하고 모두 잃고 말았다. 다음 글은 돌이 되기 전에 죽은 막내딸을 공동묘지에 묻고 표지를 세우면서 어미로서 느낀바 비통한 심정을 표출한 것으

---

65) 『靜一堂遺稿』 初刊本, 47쪽. 尺牘(允摯堂曰 …)

로, 슬픔이 달관으로 절제되어 애이불상(哀而不傷)한 정서를 드
러내 보이고 있다.

　아아! 이것은 파평 윤광연의 영아 무덤이다. 그 아이의
이름은 계숙이고 어머니는 강씨다. 갑술년 8월 29일 약현
탄원에서 태어났다. 단정하고 총명하여 서너 달 만에 능히
부모의 얼굴을 구별하여 울다가도 부모를 보면 울음을 그
쳤다. 가까이 하면 웃음을 띠고 멀리하면 눈동자를 흘기니,
이것이 바로 주자가 말한바 지각이 없는 아이들도 부모를
보면 웃는다고 한 것이 아닐까. 이전에 5남 3녀 를 낳았으
나 모두 말을 배우기 전에 죽어, 아버지 어머니 소리를 들
어보지 못하였다. 이 아이가 최 후에 태어나자 잘 자라기
를 바라면서 기울인 애정은 사내아이와 같았다. … 죽은
날은 을해년 정월 초나흘이니 한 돌이 되지 못하였다. 광
주에 땅이 있으나 경제적 형편이 어려워서 마을 남쪽 탁봉
오른쪽 산자락에 가매장하였다가 동월 14일 이곳에 정식으
로 매장한다. … 슬픔이 넘쳐서 멈추지 못하고 글을 어 새
기니, 인정에 빠져서 지나치게 하는 일이 아닌지 모르겠다.
후세 사람들은 이를 양해하여 쟁기로 파헤치지 말기 바란
다. 아비는 파평 윤광연으로 자는 명직(明直)이다.

　嗚呼 此坡平尹光演殤女之藏也 其名季淑 母曰姜氏 甲戌八
月二十九日 兒生于藥峴坦園之第 形端正 內明慧 三四朔 能辨
其父母顏 雖啼號 見父母 輒止其聲 近之則孩笑 遠之則流睇

朱夫 子所謂 無知之兒見父 則笑者也 前此 擧五男三女 俱未
言而夭 父母未聞呼父母聲 兒最後生 冀其長而寄懷愛之同男子
子 (중략) 死之日 乙亥正月初四 計其歲 未朞也 廣陵有家阨
力不能 致 淺埋于村南坵峰之右麓 厥十四日 因其地完瘞焉
(중략) 悲悲而不能捨 從以文而誌之 無乃過於情歟 庶幾後人
之諒此 而勿使耕犁之及而壞夷之也 父坡平尹光演明直[66]

이상 살펴본 바와 같이 강정일당이 쓴 산문은 대부분 단문들
이지만, 간명한 문체에 자기성찰의 내용이 함축적으로 잘 표현
된 명문들이다. 따라서 학문에 대한 집념, 심성수양, 안빈낙도,
자연의 관조, 달관(득도)의 체험, 권학, 도덕적 훈계 등과 관련
이 있는 소재들을 정리하고 다듬어 표현한 운문들과 함께 그
작품성은 물론 문학사적 의의를 높이 평가하지 않을 수 없을
것으로 보인다.

66) 『靜一堂遺稿』初刊本, 63쪽. 墓誌銘「殤女瘞誌」.

5. 맺는 말

강정일당은 평생 동안 학문을 독실히 탐구하고, 천지와 사람의 이치를 궁구하고, 성품과 천명의 근원을 연구하였지만, 학문의 진전이나 문학적 업적보다는 심성수양과 도덕적 실천을 더 중시해 온 것으로 알려져 있다. 그래서인지 가정에서의 애환이나 그리움 자연의 풍광 등을 다룬 당시 여성 문인들의 시(詩)·문(文)과는 달리, 강정일당의 시와 산문은 대부분 수신과 궁리에 역점이 두어져 있는 것으로 드러났다.

강정일당이 남긴 시는 그 주제가 대부분 학문에 대한 집념, 안빈낙도, 자연의 관조, 달관의 체험, 권학, 도덕적 훈계 등에 집중되어 있으며, 낭만적이거나 서정적인 요소는 거의 찾아볼 수 없는 것으로 드러났는데, 이는 강정일당이 평소에 성리학적 유교규범을 엄격히 지키고 실천하며 심성수양에 관한 소재들을 정리하고 다듬어 글로 표현하는 것을 중시해 왔기 때문인 것으로 파악하였다. 그리고 강정일당의 시는 오언절구(24편)와 칠언절구(7편)의 형식으로 이루어진 작품이 총 43편 중 31편으로 절대 다수의 비중을 차지하고 있고, 나머지 12편은 오언율시 4편, 사언고시 3편, 기타 5편 등인 것으로 드러났다.

강정일당의 산문 속에는 높은 학문, 뛰어난 지혜, 영민한 처신, 엄격한 예의범절, 인자하고 효성스러운 품성, 검소하고 청아

한 생활풍습, 예리한 충고, 지극한 효성, 정성어린 내조 등에서
기인한 우아하고 격조 높은 생활정서가 은밀히 배어 있는 것을
볼 수 있는데, 이 또한 강정일당이 평소에 성리학적 유교규범을
엄격히 지키고 실천하며 심성수양에 관한 소재들을 정리하고
다듬어 글로 표현하는 것을 중시해 왔기 때문인 것으로 파악하
였다. 그리고 강정일당이 남긴 산문은 총 105편인데, 그중 강정
일당의 인품과 생활정서가 가장 진솔하게 드러나 있는 서(書),
척독(尺牘), 별지(別紙) 등 서간문에 해당하는 작품들이 89편으
로 절대 다수의 비중을 차지하고 있는 것으로 드러났다.

끝으로 영조~순조시대에 걸쳐 행적을 남긴 유학자요 여류문
인인 강정일당의 시와 산문에 관한 연구는 조선 후기 유학의
여성계 보급과 여성들의 학문 활동 및 의식 변화 등을 파악하
고 이해하는데 기여할 할 수 있을 뿐만 아니라, 한국 한문학사
의 새로운 장을 열어나가는 데에도 일조를 할 것으로 기대한다.
그리고 그간 한국 한문학사를 서술함에 있어서 여성 문인들의
경우 아예 언급조차 하지 않고 지나치거나 경시해온 것이 사실
인데, 재덕(才德)을 겸비하고 지행(知行)을 함께 닦은 여성 지
식인일 뿐만 아니라, 여류문인이요 유학자로서 그 행적이 출중
한 강정일당을 계기로, 한국 여류문학의 입지를 새롭게 정립시
켜 나갈 수 있을 것으로 기대한다.

조선시대 기방시인 소고

1. 들어가는 말

우리 고전문학사에서 여성들의 문학은 그 수가 많지 않다는 점이나, 작가 신분이 기방의 여성들이 대부분이었다는 점에서 특별한 성격을 지닌다. 조선 시대는 여성들에게 공부를 권장한 시대가 아닐 뿐만 아니라, 오히려 여성이 글을 쓰고 읽는 것을 부정적인 시각으로 보던 때였기 때문에 이들의 공부는 어깨 너머 공부였다고 볼 수 있다. 이렇듯 엄격한 유교사회에서 진서(眞書)를 익히며 글공부를 하면서도 때로는 남자들보다 재주가 뛰어나 문학에서 불후의 명작을 남길 수 있었던 것이다. 아마 조선 시대 여성문학 작품과 작가는 현재 알려진 것보다 더 많았을 것으로 추측한다. 다만 이 시대의 여성 작가들은 자신을 세상에 알리기 꺼려하여 그들의 많은 작품이 유실되었을 가능성이 크다.

이런 환경 속에서도 여성 문학으로서 한시나 시조를 창작하며 우리 문학에 색다른 윤기와 감성을 불어 넣은 기녀 신분의 기방문학(妓房文學)은 더욱더 특별한 위치에 있다. 이들의 문학은 일반 부녀자들의 문학이라고 할 수 있는 규방문학(閨房文學)과 달리 그들 신분에서 오는 독특한 감수성이 기방문학의 한 특징으로 자리 잡게 된 것이다.67) 기녀의 신분은 천인계급

67) 허미자, 『한국여성문학 연구』, 태학사, 1996, p.101. 이 책의 연구

에 속하지만 그들은 다양한 남성들을 상대할 수 있는 직업인이 었기 때문에 그 시대의 다른 여성들과는 달리 자유로운 활동과 사고를 지닐 수 있었다. 기녀의 신분적 특징에 대하여 한 연구자는 다음과 같이 논의했다.

> 사관들 뿐만 아니라 사대부에게도 기생들은 단지 은밀한 만남과 주연의 도구였다. 거기서 더 나아간들 만만한 성적 희롱이나 기껏 문예적 완상단위 정도로 인식하는 게 상례였다. 따라서 기생들이란 사대부의 한낱 장식적 존재이거나 언제 어느 곳에서든 동원과 향유가 가능한 특별한 천역 제공자쯤으로 인식될 뿐이었다.[68]

위 내용으로 본다면 장식적 존재로서의 기녀는 철저히 남성을 위해 봉사하는 천민계급에 불과한 것이다. 그러나 이러한 기녀들의 사회적 신분과 환경은 그들 문학이 오히려 생동감이 넘치는 상상력과 시적 기법의 싹이 되어 조선시대 우리 문학을 풍요롭게 만들었다고 본다. 유교적 이념과 신분적 억압의 틀을 벗어날 수 없어서 체면을 중시하던 양반들의 문학에 비하여, 자유분방한 사고를 거침없이 작품 속에 담을 수 있었던 것은 기

자는 조선조 특수상황 속에서 형성된 여성문학은 그 범주를 궁정문학, 규방문학, 기류문학의 세 가지로 크게 나눌 수 있다고 주장한 바 있다.

[68] 박종성, 『기생과 백정』, 서울대출판부, 2004, p.236.

녀라는 천한 신분이 주었던 아이러니가 아닐 수 없다. 한 연구자는 기방문학의 특질은 '비련'과 '멋'으로 귀결된다고 했지만,[69] 필자는 이들 문학을 한 마디로 말해서 '기다림과 그리움의 문학'이라고 정의하고자 한다. 사랑하는 대상을 끝없이 기다려야 하기 때문에 그것이 기다림으로 변하고, 그 기다림의 정서가 시로 승화되어 나오는 구조는 기방문학이 생산되어 나오는 특이한 구조이기도 하다.

이 글에서는 조선 시대의 대표적인 기방시인인 세 사람의 삶을 통해서 그들 문학에 나타나는 '기다림과 그리움'의 서정이 어떻게 표현되고 있는지 살펴보고자 한다. 이들 가운데 이옥봉(李玉峰)은 선조 때 인물인 조원(趙瑗)의 소실로 알려져 있다. 아버지는 옥천군수를 지낸 이봉(李逢)의 서녀였다고 하니 그녀의 어머니도 소실 아니면 기생이었을 것이다. 또한 옥봉이 조원을 사랑하여 그의 소실이 되기를 원하였다는 기록으로 등으로 볼 때, 그의 신분은 기생이었을 가능성이 높다고 본다.

---

69) 이신복, 〈한국기방문학 연구〉,

2. 매창(梅窓)

　계생(桂生)은 스스로 호를 매창(梅窓)이라 지어 불렀는데 계유년(1573년) 태생이기 때문에 자연스럽게 계유년생이라 해서 계생이라 했지만 자라면서 이름을 바꾸어 향금(香今)이라고도 했으며 또한 천부적 재질을 가지고 있다해서 천향(千香)이라고도 했다. 이런 내용들로 보면 황진이에 비해서 매창은 출생 시기가 정확한 것처럼 보인다. 또한 경술년(1610년) 서른 여덟의 나이로 죽었으니까 15세기에 함께 활동한 여류라 해도 황진이보다는 연대가 약간 늦을 거라고 생각한다. 그러나 『매창집』에는 1610년에 죽은 것으로 되어 있지만 여러 정황으로 볼 때 그 이상 살았을 것이라는 것도 배제할 수 없다. 유희경의 시에서는 "정미년에 다시 만났네(丁未年間再相遇)"라고 하여 매창이 평생 애인이었던 촌은(村隱) 유희경(劉希慶)을 찾아 1607년 35세 때 서울로 와서 다시 만난 것으로 되어 있다. 매창이 관기였다면 기적에 묶여있었을 테니까 자유스럽지 못하기 때문에 서울의 유희경을 찾아 몰래 상경했고 죽었다고 소문이 났을 것이라는(혹은 소문을 냈을 것이라는) 일설도 있다.[70]

　매창은 허난설헌보다는 11년 늦은 나이이니 비슷한 시기에 시작 활동을 했지만 서로 다른 신분이었으므로 소문으로는 알

---

70) 김지용, 〈梅窓 문학연구〉, 『논문집』 16권, 세종대학교, 1974, P.17.

수 있었을지 모르지만 만날 일은 없었을 것이다. 그러나 우리나라 최고의 여성시인들이 15세기, 그것도 동갑의 나이는 아니지만 비슷한 시기에 걸쳐 훌륭한 작품들을 남겼다는 것은 단순히 우연만은 아닐 듯싶다. 옥봉도 1544년생인 조원의 소실이었으니까 문헌 속에 나오는 내용들로 추측해 볼 때 15세기 말 시를 쓰면서 생존했을 것으로 생각한다. 이와 같은 동시대의 시인 매창도 죽은지 몇 십년이 지난 후 그의 시를 외워 전하던 기생들이나 아전들이 그나마 없어질까봐 시집을 간행했는데 『매창집』의 발문에 다음과 같은 내용이 실려 있다.

> 계생의 자는 천향인데 스스로 호를 매창이라고 지어 불렀다. 부안현의 아전이던 이탕종(李湯從)의 딸이다. 만력 계유에 나서 경술에 죽으니 나이 서른 여덟이었다. 평생 노래 부르기와 시 읊기를 잘했다. 수 백 편이 한 때 사람들 입에 오르 내리더니, 지금은 거의 흩어져 없어졌다. 승정후 무신년 10월에 아전들이 외워 전하던 여러 형태의 시 58수를 얻어 개암사에서 목판에 새긴다.[71]

위의 내용에서 개암사에서 간행했던 무신년은 1668년이니까 매창이 죽은 후 58년만에 그의 시들이 세상에 제대로 빛을 보게 된 것이다. 계생 매창은 아버지 이탕종에게 한문을 배웠다고 하며, 재주가 뛰어나서 시문과 거문고를 쉽게 익혔다고 한다.

---

[71] 허미자, 『이매창연구』, 성신여대출판부, 1988, P.44.

평소에 거문고를 사랑했기 때문에 죽을 때도 거문고를 함께 묻
었다고 이수광의 『지봉유설』에는 전한다.[72]

매창 계생은 한시를 잘하고 노래를 잘 부르며 거문고를 잘
탔는데 부안 태수가 이런 계생을 범하고 다른 곳으로 떠났다.
그 태수는 고을을 잘 다스렸던지 부안 사람들이 떠난 뒤 추모
비를 세우자 어느 달 밝은 밤 계생이 거문고를 타면서 태수의
비석 위로 솟아 오르며 긴 노래를 슬프게 불렀는데 마침 그 곳
을 지나던 이원형이라는 사람이 이 모습을 보고 시를 지어 알
려졌다.[73] 이 내용은 홍만종의 『시화총림』에서도 허균의 『성소
부부고』에 실렸던 이야기를 옮겨 소개했다. 유희경이 84세 때
편집한 문집인 『촌은집』(村隱集)에는 유희경(劉希慶)이 젊은
시절 부안에서 머물었던 적이 있었다. 이 때 그 곳의 유명한 기
생인 계생은 촌은 유희경이 서울에서 시로 유명하다는 소문을
듣고 있었으며, 촌은은 이전엔 기생을 가까이 한 적이 없었지만
매창을 만난 후 사랑하게 되어 서로 풍류로서 즐기게 되었다는
사실을 밝히고 있다.

당대 최고의 시인인 허균도 매창을 사랑했지만 풍류객으로서
시 잘 짓는 매창을 사랑했을 뿐이다. 이미 매창을 만났을 때(신
축년, 1601년)는 매창이 이귀(李貴)의 애인으로 알려졌기 때문
에 허균은 시문을 나누는 사이 그 이상은 원하지 않았다. 『성소

---

72) 李睟光, 『芝峰類說』 卷15, 〈妓妾〉.

73) 許 筠, 『惺所覆瓿藁』 卷25, 〈惺叟詩話〉.

118

부부고』에는 허균이 계생에게 보내는 시가 여러 편 있으며 허
균이 신축년 7월 8일 정유에 벼슬을 내어놓고 동작나루를 건너
는 이야기에서부터 시작되는 〈조관기행〉이라는 기행문에는 그
해 7월 23일에는 부안에 도착했다고 기록했다.

　　부안에 도착하니 비가 쏟아져서 그 곳에 머물게 되었다.
　　고홍달이 인사를 왔으며 기생 계생과 만났는데 이옥여(李
　　玉汝 – 이귀(李貴)의 자)의 정인(情人)이다. 거문고를 뜯으
　　며 시를 읊는데 인물이 뛰어나지는 않지만 재주와 정이 많
　　아 이야기 할만하여 종일토록 함께 시를 읊으며 즐길 수
　　있었다. 밤에는 계생의 조카를 침소에 들이고 자신은 피해
　　버렸다.74)

　　이 후 허균과 매창과의 사귐은 10여년 가까이 지속되어 허균
은 기유년(1609년) 매창에게 보낸 편지에서 "계랑과 10여년이
나 다정하게 사귀었음"을 밝히고 있다. 그러나 둘의 사이는 육
체적인 것과는 무관한 사귐이었다.
　　윗 글에서는 매창이 묵제(墨齊) 이귀의와 정을 나누던 사이였
음을 허균이 인정하고 있지만 실제로 매창이 이귀를 사랑했는지
는 알 수 없다. 『가곡원류』에서는 유희경이 서울로 간 후 수절을
했다고 했으며,75) 매창이 호락호락한 기녀가 아니었음은 다른 기

---

74) 許　筠, 『惺所覆瓿藁』 卷18. 〈漕官紀行〉.
75) 김지용, 위의 글, p.7.

록들에서도 확인할 수 있지만 이귀라는 권력자의 청을 어쩌지 못했는지는 확인할 수 없다. 이귀는 김제군수로 나이 37세에 부임하여 1594년부터 사·오년간 머물렀다고 하니 매창이 이귀와 정을 나누었다면 이 무렵이었을 것이다. 그러나 매창이 평생 사모한 사람은 유희경이었다. 그렇기 때문에 매창의 나이 35세 때 서울로 올라와서 다시 유희경과의 사랑을 이어나갔던 것이다.

매창과 더불어 평생 사랑했던 촌은 유희경은 양반 출신이 아니어서 벼슬은 못했지만 인품이 청결 소박하여 당대의 많은 양반 자제들과 시문으로서 사귀었다 한다. 시문이 맑고 곧았으며 효도에 대한 일화가 많고 임진왜란 때는 의병과 물자를 모아 유성룡에게 보내는 등 공적이 많아 임금에게 포상까지 받았다고 『촌은집』에 실려 있다. 서울 원동(院洞)에 침류대(枕流臺)라는 정자를 지어 놓고, 그곳에 살면서 시인 묵객과 어울리고 후진을 가르쳤으며, 또한 말년에는 도봉산에 도봉서원을 만들어 그 곳에서 유유자적하며 여생을 보내 92세로 생을 마감했다. 문집에 250여수의 시가 실려 있지만 실제 그가 지은 작품은 그보다 훨씬 많다. 유희경이 매창을 그리워하며 지은 한시는 『촌은집』에 모두 15수가 전한다.

이러한 유희경과 사랑을 나누었던 매창은 유희경이 부안을 떠나 소식이 없자 시조를 지어 부르며 수절했다고 『가곡원류』에 씌어있다.

이화우(梨花雨) 흩날릴제 울며 잡고 이별한 님
추풍낙엽에 저도 날을 생각는가
천리에 외로운 꿈만 오락가락 하도다

　위의 시조를 보면 봄비 오자 배꽃 흩날리는 어느 날 두 사람은 헤어졌을 것이다. 낙엽 지는 가을이 와도 소식이 없으니 매창은 무진 애가 탔던 것 같다. 사실 매창과 같은 기녀나 소실들은 언제나 이별을 당하는 입장이니 그 서글픔과 한은 우리 문학의 섬세한 서정미의 한 줄기를 이루었다고 볼 수 있다. 이 시조에서처럼 꿈 속에서 님을 찾아 오락가락 하는 모습은 옥봉의 한시에서도 볼 수 있지만 그 당시 여성 시에 공통적으로 나타나는 모티프이다. 그만큼 여성의 사랑은 수동적인 기다림의 자세가 대부분이었다. 이런 점으로 보면 황진이의 시는 훨씬 능동적이고 남성적인 활달한 시라고 평가할만 하다. 이 시조 외에도 매창의 시조라고 알려진 것이 10수라고 하지만 위의 시조 외에는 매창의 것인지 확실하지가 않다.

　매창의 한시는 수 백수가 있었지만 『매창집』에 실린 58수와 그 밖에 알려진 3수를 합쳐서 61수가 전해지고 있다. 그러나 매창집 외의 3수는 모두 온전하지 않고 두 귀씩만 남아있는 것이다. 그의 한시 가운데 다음과 같은 시는 시조 '이화우 흩날릴제'와 비슷한 이미지로 된 시인데 화자의 그리움이 너무나 사무치게 느껴짐과 동시에 선명한 이미지들로 이루어진 처연한 아름다움이 빛나는 시다.

> 瓊花梨花杜宇啼
> 滿庭蟾影更悽悽
> 相思欲夢還無寐
> 起倚梅窓聽五鷄

> 배꽃 눈부시게 피고 두견새 울 때
> 뜨락 가득한 달빛에 더욱 서럽네
> 그리움으로 꿈 속에 만나려도 잠 못 이루고
> 매화 핀 창가에 기대 앉아 새벽 닭 울음 듣네
> 〈규중원〉(閨中怨)

시조 '이화우 흩날릴 제'처럼 꿈 속에서만 님을 만날 수밖에 없는 처지는 서럽고 슬프다. 더군다나 배꽃이 눈부시게 핀 봄밤이면 더욱 그러할 것이다. 우리 옛 시인들에게 배꽃이 핀 달밤의 정서가 특별했다는 것은 이조년의 시조 "이화에 월백하고 은한이 삼경인제 / 일지춘심을 자규야 알랴마는 /다정도 병인 양하여 잠못들어 하노라"와 같은 곳에서도 잘 나타난다. 이조년의 시조에는 자규(두견새)까지 울고 있는 배꽃 하얗게 핀 달 밝은 밤이니 그 느낌은 더욱 각별하였겠지만 분명 배꽃은 정한(情恨)의 정서를 나타내기에 가장 적합했던 것 같다. 시에 뛰어난 매창과 교류한 남성으로는 유희경, 이귀, 허균 등이었다는

122

것은 몇 곳의 문헌에 나와 있지만 매창의 평생 애인은 유희경
이었음은 분명한 것 같다. 촌은 유희경 역시 위의 시 속에 나오
는 매창의 마음을 아는지 다음과 같은 시를 남겼는데 부안과
서울이라는 천리 밖의 이별이긴 하여도 마음만은 서로 이어져
있었던 것 같다.

> 娘家在浪州
> 我家在京口
> 相思不相見
> 腸斷梧桐雨
>
> 그대의 집은 부안에 있고
> 나의 집은 서울에 있어
> 그리움 사무쳐도 만나지 못하고
> 오동나무에 비 뿌릴 때면 애가 끊겨라
>
> 〈회계랑〉(懷癸娘)

　　유희경의 위 시를 보면 그 또한 매창을 얼마나 그리워했는지
알 수 있을 것 같다. 유희경은 매창을 생각하는 그의 시에서 자
신의 감정을 솔직하게 드러내고 있다. 이것은 그가 진실로 매창
을 사랑하기 때문이기도 하지만 양반이 아니었기 때문에 사대
부들처럼 자신의 시에 감정을 숨겨놓을 필요도 없었다. 허균의
경우 자신의 글들에서 기생들과 놀았다고 거리낌 없이 쓴 것이

화근이 돼 관직을 떠났던 적이 있었는데 사대부들은 실제의 생활과는 달리 글에서는 이런 일들에 대해서 함부로 속내를 드러내지 않았다는 것을 알 수 있다. 한 마디로 말해서 점잔빼기라고 할 수 있을 것이다. 물론 허균이 비난 받았던 것은 어머니의 삼년상이 끝나기도 전에 기생들과 놀았다는 것이었지만 그런 이야기들을 다른 사람들처럼 솔직하게 글로 밝히지 않았다면 굳이 문제되지 않고 넘길 수도 있었을 것이다. 그만큼 양반이라는 신분은 그들의 시에서도 사적인 감정을 적당히 절제해야 했기 때문에 유희경 같은 절절한 그리움을 시로 담는데는 한계가 있을 수밖에 없는 시대였다. 시조에서 보이는 양반시의 한계는 한시에서도 극복되기는 어려웠다고 본다.

유희경은 그 밖에도 〈증계랑〉(贈癸娘-계랑에게 주노라)·〈희증계랑〉(戱贈癸娘-계랑과 희롱하며)·〈회계랑〉(懷癸娘-계랑을 생각하며)·〈도중억계랑〉(途中憶癸娘-길가면서 계랑을 생각하노라)·〈중봉계랑〉(重逢癸娘-다시 계랑을 만나다) 등을 비롯하여 직접 계랑을 지칭하지는 않았지만 계랑으로 여길만한 시까지 합해서 매창에 대하여 쓴 시가 15수에 달한다.[76] 이 가운데 〈증계랑〉(贈癸娘-계랑에게 주노라)과 같은 시는 유희경이 서울에서 이미 시문과 노래에 뛰어난 매창의 소식을 듣고 부안에 가서 처음 만났을 때의 감회를 읊은 시다. 매창의 시와 노래가 서울에까지 알려졌는데 오늘 그 모습 보니 선녀가 내려온

---

76) 김지용, 앞의 글, p.11.

듯하다고 감격스럽게 읊고 있다. 이 때 매창의 나이 20세였고 촌은 유희경의 나이 48세였다. 이후 매창이 『매창집』에 실려 있는 사망 연대인 1610년 38세 때보다 좀 더 살았다고 해도 유희경보다 훨씬 앞서 세상을 떠난 것은 분명하다. 유희경은 92세까지 살았다하니 천수를 누린 사람이다. 80세 때 지은 시에도 젊은 시절의 매창을 그리는 이미지가 선연한 시 〈설중상매〉(雪中賞梅-눈속에 매화를 보며)를 읊은 것을 보면 매창은 먼저 갔어도 유희경의 마음 속에는 지워지지 않았던 모양이다.

　유희경을 위해서 절개를 지키려 했다는 기록에서도 알 수 있듯이 비록 출신이 미천해서 기생이 되었지만 매창은 자신을 아무렇게나 굴리지 않았다. 술 취한 손님들이 접근하여 희롱하고자 해도 매창은 시를 지어선 쫓아냈다고 이수광은 『지봉유설』에서 말했다. 이수광은 이 글에서, 한 나그네가 매창의 소문을 듣고 시를 지어서 집적대자 매창이 운을 받아서 "매화나무 창가에 비치는 달그림자만 나 홀로 사랑했다(只愛梅窓月影斜)"라고 응수하며 고요히 살려는 내 뜻을 알지 못할 거라고 냉정한 싯구로 말하자 나그네는 돌아가 버렸다고 했다. 이러한 일화는 매창이 비록 기생의 신분이었지만 자신의 고고한 정신을 지킬줄 아는 인물이었다는 것을 말해주는 것이다. 그렇기 때문에 허균도 매창을 좋아했는지 모른다. 그래서 허균은 매창이 죽었다는 소식을 듣자 〈계랑의 죽음을 슬퍼하다〉라는 글과 시 2수를 지었다.

부안의 기생인 계생은 시문을 잘하고 노래를 잘 불렀으며 거문고를 잘 탔다. 성품이 깨끗해서 음란함을 좋아하지 않았다. 나는 그 재주를 사랑하여 거리낌없이 사귀는 사이다. 비록 우스개 소리를 하며 가까이 지냈지만 어지러운 지경에 이르지 않았기에 오래도록 사귀어도 변하지 않았다. 지금 그가 죽었다는 소식을 듣고 한번 눈물 흘리고 율시 두 편을 지으며 슬퍼한다.[77]

매창이 기록에 있는 38세보다 더 살았을 것이라는 추측도 있지만 확실한 증거를 잡기는 쉽지 않다. 또한 말년에 서울에 와서 살다 죽어서는 고향인 부안 땅에 묻혔다는 설도 있다. 그렇다면 유인경과 함께 말년을 보냈다는 이야기가 된다. 그의 묘지는 부안읍 남 쪽의 봉두리(봉두메)의 공동묘지 매창뜸에 묻혀 있으며, 간단한 약력이 적혀있다.

여인의 이름은 향금(香今)이요, 호는 매창인데, 정덕 계유년(1513)에 태어났다. 자라면서 시와 문장을 잘했고, 그 문집이 간행되어 세상에 전한다. 가정 경술년(1550)에 죽었는데, 만력 을미년(1595)에 비석을 세웠다. 삼백년의 세월이 지나자 글자의 획이 벗겨지고 떨어졌으므로 다시 고쳐 돌을 세우고 거듭 그의 행적을 적는다.

이 묘비는 세월의 흐름에 문자들이 많이 마멸되어서인지

---

77) 許筠, 『惺所覆瓿藁』 卷2.

1917년 '부풍시사(扶風詩社)'에서 다시 세우면서 한 갑자(甲子)인 60년이나 착오를 일으켜 1513년에 태어나서 1550년에 앞서 죽은 것으로 기록돼 있다. 매창집의 연대를 살피지 않았기 때문에 생겨난 일이다. 생전에 거문고타기를 좋아했기 때문에 매창이 아끼던 거문고도 함께 묻었다고 한다.

3. 황진이(黃眞伊)

16세기 여류 중에 또 하나의 걸출한 인물은 말할 것도 없이 황진이(黃眞伊)일 것이다. 몇 편의 시조와 한시가 남아있을 뿐이지만 그 작품들이 하나 같이 잘 다듬어 놓은 보석 같다. 더군다나 그 작품들은 황진이를 둘러싼 야담과 섞여 황진이 문학의 흥미로움을 증폭시켜 왔다. 황진이는 그 출생부터도 분명하지 않다. 일설에 의하면 황진사의 서녀라는 이야기와 장님인 의 딸로 태어나 관기가 되었다는 설이 있다. 이덕형의 『송도기이』에서는 자색이 아름다운 현금(玄琴)이 나이 열여덟에 병부교 다리 아래에서 빨래를 하다가 다리 위에 있는 한 남자와 눈이 맞아 인연을 맺고 그 사이에서 진이가 태어났다고 전한다.[78] 허균의 『성옹지소록』에는 개성 장님의 딸이었다고 밝혔다. 성품이 어디에 얽매이지 않고 자유로와서 남자 같았으며, 거문고를 잘 탔고 또 노래를 잘했다 한다. 평생에 화담을 사모하여 거문고와 술을 가지고 화담이 사는 농막으로 가서 즐기다가 떠나곤 했다. 스스로 말하기를 "지족선사(知足禪師)가 30년을 면벽하며 수양했으나 황진이 자신 때문에 지조가 무너졌는데, 오직 화담 선생만은 여러 해 가깝게 지냈어도 끝내 관계하지 못했으니 참으로 성인이다"라고 말했다. 또한 화담에게 말하기를, "송도에 삼절

---

78) 李德泂, 『松都奇異』.

(三絶)이 있으니 박연폭포와 선생과 소인입니다."라고 말하여 그 후 황진이의 이 말은 많은 사람들에게 회자되었다.

황진이가 화담과 가깝게 교류한 것으로 볼 때 그의 생존 연대는 중종에서 명종 대에 이를 것이라고 본다. 황준량의 『금계필담』에 시조 "청산리 벽계수야---"를 짓게 만든 왕족인 벽계수와의 이야기에 벽계수의 친구 손곡 이달이 등장하는 것을 보면 손곡이 활동했던 선조 때까지도 생존 년대를 추정해 볼 수 있다. 그러나 출생과 사망시기를 확실히 알 수 없기 때문에 황진이 생몰 연대에 대한 추측은 구구하다. 황진이에 대한 이야기들은 마치 야담적이거나 아니면 신비스러운 신화처럼 후세 사람들에게 알려져 왔다. 이를테면 황진이가 기녀로 출가한 동기가 옆집 총각이 진이의 아름다움에 반해서 상사병으로 죽었기 때문이며, 총각의 관이 진이의 집 앞에서 움직이지 않자 진이가 자신의 치마 저고리를 관에 덮어주었더니 드디어 관을 옮길 수 있었다는 이야기 같은 것이다. 30년 면벽 수양한 지족선사의 파계나 화담 선생에 대한 일화 같은 것이 다 그렇다. 그는 죽음에 서조차도 "나 때문에 천하의 남자들이 망가졌으므로 관을 쓰지 말고 수의를 갈아 입히지도 말고 그냥 입은 옷 그대로 시체를 동문 밖 흐르는 물에 버려두어 벌레들이 내 몸을 뜯어가게 함으로써 천박한 여자들의 경계의 표본으로 삼으라"라고 했다니 출생도 죽음도 보통 사람들과 달리 흥미로운 이야기를 담고 있는 것이 분명하다.[79]

타고난 미모와 영특함에다 시문에 밝고, 당대의 최고 학자 화담과 교류하는 등 황진이는 비록 기생의 삶이었지만 조선의 어느 여성보다도 화려한 삶을 살았다고 할 수 있다. 그가 남긴 문학은 『청구영언』에 전하는 시조 6수 모두가 한국문학사에서 빼놓을 수 없는 절창이며, 그녀가 남긴 한시 10여수도 또한 빼놓을 수 없을 정도다. 황진이를 비롯한 기방의 여성 시조문학이 빛나는 것은 조선 양반들의 틀에 갇힌 관념적인 시조와 대비가 되기 때문일 것이다.

冬至ㅅ달 기나긴 밤을 한 허리 버혀내어
春風 니블아래 서리서리 너헛다가
어른님 오신날 밤이어든 구뷔구뷔 펴리라

기생문학의 한 특징은 기다림과 그리움이다. 기방을 찾는 님들은 모두 한 때 나비처럼 날아왔다가 자신의 입신양명을 위해서 혹은 자신의 가정을 찾아서 돌아가야 하는 남자들이기에 기생은 어느 누군가에가 정을 주어도 늘 허전한 그리움과 기다림의 세월을 살아야 한다. 앞서 옥봉의 시가 그러했듯이 그것은 기생 만이 그러한 것은 아니다. 자유롭게 성을 찾아다닐 수 있는 남성과는 달리 조선 여성에게는 일반적 삶이었으며, 글 쓰는 여성이라면 당연히 나올 수밖에 없는 테마였다. 그러나 첩실이

---

79) 金澤榮, 『崧陽耆舊傳』.

나 기생은 자유롭게 그리움을 표출할 수도 있었지만 양가집 규수라면 그런 내용의 시를 쓴다는 것 자체가 허물일 수밖에 없는 곳이 조선이었다. 그렇기 때문에 난설헌의 〈강남곡〉은 바탕한 시라고 해서 시집에 들어가지도 못했던 것이다.

황진이의 위 시에서는 언제 만나도 짧은 님과의 사랑을 길게 늘이고 싶다는 내면적 욕망이 너무도 재치있게 표현된 작품이다. 여기에는 조금도 부끄러워함이 없이 자신의 속내를 적나라하게 그대로 들어낸다. 그러면서도 이 시가 노류장화(路柳墙花)의 한갓 푸념으로 들리지 않는 것은 너무도 기발한 시적 장치를 노련하게 쓰고 있기 때문이다. 짧은 만남과 긴 이별의 서러움을 극복하기 위해서, 동짓달 긴긴 밤을 한 허리 베어 짧은 봄날 님이 오면 굽이굽이 펴서 님과의 정을 오래오래 쌓겠다는 표현은 기발하다. 그래서 읽는 이에게 문학적 기지를 깊이 느끼도록 한다. 거기다가 '서리서리' '구뷔구뷔'를 통한 부드럽고도 유연한 느낌의 의태어는 서로 음성상징으로 호응하면서 아름답게 이미지화 한다. 수많은 시조들 가운데서도 황진이 시조를 으뜸으로 삼는 것은 우리 언어의 미감을 살릴 줄 아는 시인의 천성적인 기질과 더불어 내용 또한 파격적이기 때문이다. "청산리 벽계수야 ---"의 시조에서도 보듯이 언어의 중의적 표현으로 내용을 다듬는 솜씨는 시인으로서 황진이가 얼마나 뛰어난가를 보여주는 것이기도 하다.

誰斷崑崙玉
裁成織女梳
牽牛一去後
愁擲碧空虛

곤륜이라 귀한 옥 그 누가 캐어
직녀의 얼레빗을 만들었는가
오마던 님 견우는 안오시길래
서러운 마음으로 허공에 던진거라오

〈반달을 노래하다〉(詠半月)

위 시에서 반달을 곤륜산에서 캐낸 귀한 옥으로 만든 빗으로
비유했다. 그냥 빗이 아니다. 직녀의 얼레빗이다. 직녀는 우리
옛이야기에 나오는 사랑을 잃어버린 슬픔의 여주인공이다. 까마
귀와 까치가 다리를 놓아줘서 칠월 칠일 칠석날 일년에 단 한
번 견우를 만날 수밖에 없어서 두 사람의 울음 때문에 그 날이
되면 비가 온다는 민담은 우리에게 너무나 잘 알려진 이야기다.
황진이는 바로 그 민담을 통해서 반달을 직녀의 얼레빗으로 비
유했는데 그 까닭이 의미가 깊다. 오겠다던 견우가 오지 않길래
서러운 마음으로 직녀가 허공에 던진 거라는 기막힌 발상, 그
내면에는 기방문학의 특징인 님에 대한 그리움과 기다림이 담
겨져 있는 것이다.

기생으로서 황진이도 위의 시에서처럼 문학 속에 님에 대한

기다림과 그리움을 담았던 것은 다른 사람들과 같았다. 그러나 활달하고 거침이 없던 그녀의 성품은 때로 기방 속의 꽃으로만 남아 기다림의 수동적인 인간이기를 거부했다. 황진이가 만났던 많은 사람들 가운데 이생(李生)과의 행적은 탈속적이기까지 한 황진이의 면모를 보여준다. 유몽인의 『어우야담』에서는 이 이야기를 다음과 같이 들려준다.

> 재상의 아들인 이생원이라는 사람은 놀기를 좋아하고 세속을 싫어하는지라 진이는 은근히 찾아서 속을 떠 보았다. "이 몸이 듣기에 중국 사람들은 고려국에 태어나서 금강산을 한 번 보고 죽는 것이 소원이라고 하는데, 우리는 하물며 이 나라 사람으로 살면서 선산을 가까운데 두고 그 진짜 모양을 보지 않을 수 없지 않습니까. 오늘 제가 낭군을 만나 받들게 되었으니 마침 신선처럼 노닐기에 안성마춤입니다. 산에 다닐 수 있는 옷차림으로 금강산 절경을 감상하고 돌아온다면 또한 즐거움이 아니겠습니까."라고 하여 이생원에게 한 명의 종도 데려오지 않게 하고 스스로 갈삼(葛衫)에 초립을 쓰고 식량 보따리를 둘러메게 하였다.[80]

이렇게 하여 이생과 황진이는 금강산을 찾아갔지만 산 속으로 들어갈수록 굶주림과 피곤에 지쳐 옛 모습은 찾을 길 없이 초최해져만 갔다. 황진이는 이 암자 저 절간에서 밥을 빌기도

---

80) 유몽인, 『於于野談』, 이민수역, 정음사, 1977 pp.62~63.

했고, 때로는 몸을 팔아 식량을 구하기도 했다. 때로는 계곡에서 벌어지는 선비들의 술자리에 뛰어들어 술을 마시고 노래를 불러준 대가로 술과 고기를 얻어다가 이생을 먹이기도 했다. 이생과의 이러한 이야기를 통해서 우리는 탈속적인 모습의 또 다른 황진이를 발견하게 된다. 어딘가에 속박되지 않은 체 훌훌 떠날 수 있는 자유로움, 여자라 할 지라도 기생은 그것을 누릴 수 있는 신분이었지만 누구나 그럴 수 있는 것은 아니다. 재능과 용모를 함께 갖춘 황진이었지만 상식을 뛰어 넘는 위와 같은 모습까지 갖고 있었기에 그의 이야기들은 전설처럼 혹은 신화처럼 사람들 사이에서 이야기로 이야기로 이어져 왔던 것이다. 또한 황진이에게는 이와 같은 삶의 태도는 비장미가 감도는 다음과 같은 시를 쓰게도 했을 것이다.

古寺肅然傍御溝
夕陽喬木使人愁
煙霞冷落殘僧夢
歲月崢嶸破塔頭
黃鳳羽歸飛鳥雀
杜鵑花發牧羊中
神松憶得繁華日
豈意如今春似似

옛 절은 쓸쓸히 개천 옆에 서 있고
저녁 해 큰 나무에 비치어 서럽게 하는구나
지나간 세월 싸늘히 무너지고 스님의 꿈만 남아
깨어진 탑 머리엔 세월만 쌓여간다
누런 봉황은 날아가고 작은 새들만 날아들어
양떼 기르는 곳 두견화 피어있네
송악산 영화롭던 날 생각하여 돌아보니
어찌하여 이 봄이 가을처럼 쓸쓸한가
〈만월대회고가〉(滿月臺懷古歌)

송도의 만월대에서 읊은 회고가라면 영화롭던 그 옛날 고려를 마음에 두고 지은 시일 것이다. 봉황은 날아가고 작은 새들만 날아들고 있다는 구절에서도 그런 내용이 담겨 있다. 고려의 옛 영화도 세월의 흐름 속에 쓸쓸한 옛 절이나 깨어진 탑처럼 흔적으로만 남아 있을 뿐이니 그 얼마나 허망한 일인가. 역사도, 역사 속의 인간도 누구나 그렇게 변할 것이라는 깨달음마저 느껴지는 위 시는 황진이가 남성들을 받드는 한 여성으로서가 아니라 한 인간으로서 삶의 무상함을 노래했다는데 그의 또 다른 면모를 느끼게 하는 것이다.

4. 이옥봉(李玉峯)

　　허균은 그의 저서 『학산초담』에서 "우리나라 아낙네로서 시를 잘 짓는 사람이 드문 까닭은, (여자가) 술 빚고 밥 짓기만 일삼아야지, 그밖에 시와 문장에 힘써서는 안된다 해서인가?" 하고 아쉬움을 표했다. 우리나라 경우에는 규수 시인으로 이름난 사람이 20여명이나 되는데 우리는 왜 그렇지 못한가 하는 말도 덧붙였다.[81) 허균의 이런 아쉬움 뒤에는 자기 누이 허난설헌의 재주가 유난히 돋보인다는 것을 말하고 있는 것이기도 하다. 그런데 이 글에서 허균은 또 하나의 여성 시인을 극찬했다. 바로 이옥봉(李玉峯)이다. 그는 "요즘 와서 제법 규수 시인이 나와서 경번(景樊-난설헌의 자)은 하늘 선녀의 재주가 있고 옥봉 또한 대가임은 더 말할 나위가 없다"[82) 고 했는데 허균의 이 칭찬은 지나친 빈 말이 아니었다. 허균은 또한 조원(趙瑗)의 소실인 옥봉의 시를 "그 시가 매우 맑고 강건하여, 거의 아낙네들의 연지 찍고 분 바르는 말들이 아니다."[83) 라고 평가했다. 현대문학에서도 여성 시인들의 지나친 여성성의 문제나 사소한 신변의 일들에 대한 창작 문제는 많은 비평가들에게 호감을 주

---

81) 許筠, 『學山樵談』 卷7.

82) 許筠, 위의 글.

83) 許筠, 위의 글.

지 못한다. 시세계가 좁다는 이유에서일 것이다. 물론 남성이라
고 해서 신변의 사소한 문제들을 시로 짓지 않는 건 아니지만
유독 여성 시에 대하여 문제를 거는 것은 지나친 편견일 수도
있을 것이다. 그러나 허균의 평처럼 글 쓰는 여성이 거의 없던
시대였음에도 옥봉의 시는 연지 찍고 분 바르는 말이 아닌 대
가라는 표현을 들을 정도였다면 그 시의 수준이 어느 정도인지
짐작할 수 있다. 허균은 『학산초담』에 옥봉의 시 세 수를 소개
했는데 그 가운데 하나를 보면 다음과 같다.

有約郞何晩
庭梅欲謝時
忽聞枝上鵲
虛畵鏡中眉

언약하신 서방님 어찌 그리 더디실까
뜨락의 매화는 이울려 하는데
갑자기 나무 가지 위에 까치소리 들리니
헛되이 거울 비쳐 눈썹 그리네

〈규정〉(閨情)

　님을 그리는 마음을 이렇게 아름답게 그릴 수 있던 것은 시
인의 상상력이나 시인의 자유로운 마음을 방해받지 않았기 때
문일 것이다. 옥봉이 한 양반의 소실이었다면 그가 소실이 되기

이전에는 양가집 규수가 아닌 기생의 신분이었을 것이라고 추측한다. 옥천군수를 지낸 이봉(李逢)의 서녀로 태어났다 하니 옥봉의 어머니 역시 기생이 아니었으면 노비였을 것이다. 이런 신분에 시를 배웠다면 그 누구보다도 문학적인 감수성을 그대로 들어내는 과정이 어색하지 않은 법이다. 매창이나 황진이와 같이 기생 신분의 문학이 빛나는 것도 다 이런 이유가 있다. 사회적 질서의 꼭 닫힌 틀에 얽매인 사대부가의 시보다 서정성이 뛰어난 것도 다 그런 원인이 있다고 본다.

시의 화자는 인연을 맺은 서방님을 기다린다. 온다 하시던 날이 지나가도 님은 오시지 않고 뜨락의 매화만 이울어 가는데 반가운 소식을 전해준다는 까치 소리 들린다. 시의 화자는 이내 거울 앞으로 달려가 눈썹을 그리며 님이 오기를 기다리지만 헛된 일이던가. 이 시는 매화꽃이 지는 시간의 흐름, 까치 소리를 통해서 그려진 초조한 기다림이 한 편의 영화 장면처럼 선명한 이미지로 부각된다. 단정한 매무새이건만 다시금 거울 앞에 다가서서 다시 한 번 눈썹을 그려보는 주인공의 모습에서 기다림과 그리움의 극한을 느낄 수 있는 아름다운 시다.

　　近來安否問如何
　　月倒紗窓妾恨多
　　若使夢魂行有跡
　　門前石路半成砂

요사이 우리 님은 어찌 지내실까
사창에 달은 밝고 이내 몸은 한도 많다
만일 꿈 속에 오가던 일 발자취로 남겼다면
문 앞 돌 길은 반은 모래밭이 되었을 걸

〈자술〉(自述)

　점잔만 빼는 양반들의 한시보다 아름답게 느껴지는 것은 그 솔직함 때문일 것이다. 허난설헌도 낭군을 기다리는 솔직한 연정의 시를 썼지만 사대부들로부터 방탕하다고 비난만 받았을 뿐이다. 진솔한 감정을 그대로 들어내는 것이 흠이던 그 시대에 기생들이나 소실의 작품이 유난스럽게 눈에 띄는 것은 그들의 신분 자체가 자신의 정서를 그대로 드러낼 수 있었고 그대로 작품에 반영할 수 있었기 때문이었다. 허난설헌이 사대부들에게 방탕한 시라고 비난을 받은 바 있는, 낭군을 기다리는 마음을 솔직하게 표현한 〈강남곡〉 정도의 시가 방탕하다 하여 시집에도 들어가지 못했다고 사람들 입에 오르내릴 정도였는데 기생 신분의 시는 전연 그런 방해를 받지 않았으니 조선에서 여성이 문학을 하는데는 기생 신분이야말로 혜택이었다고 말한다면 지나친 표현일까.

　옥봉의 시는 『가림세고』(嘉林世稿) 끝에 『옥봉집』(玉峰集)이 수록되어 있는데, 모두 32수의 한시다. 『가림세고』는 조원과 그의 아들 조희일, 손자 조석형 등 3세의 시문을 상중하 3편으로 만들어 그 부록으로 옥봉의 시를 넣고 1704년, 숙종 30년에 만든 문집이다. 『가림세고』에서는 그 내용을 다음과 같이 머리말로 전하고 있다.

> 이씨는 종실의 후손이다. 운강공의 소실인데, 옥봉은 그의 호다. 그가 지은 시 32편이 잇는데 다 없어지고 전해지지 않을 것을 아쉽게 여겨 이에 책 끝에다 붙인다.[84]

이 가운데서 11편을 『황명열조시집』(皇明列朝詩集)에 수록된 것을 옮겨 놓은 것인데 우리나라 여류들의 작품은 허난설헌의 시처럼 조선에서보다 중국에서 먼저 선택되어 읽혔으니 중국 사람들이 우리나라 사람들보다 조선의 여성을 더 많이 인정해 주었다고 봐도 지나친 말이 아닐 것이다. 이 밖에도 옥봉의 시들은 『명시종』(明詩綜)·『명원시귀』(名媛詩歸) 등 중국 문헌에 실려 전해져 왔다. 『가림세고』에 부록으로 실린 『옥봉집』의 시와 함께 그에 대한 애절한 일화가 전해지고 있는데 내용은 다음과 같다.

조선 인조 때 승지 조희일이 명나라 사신으로 가서 원로대신이 보여준 『이옥봉시집』을 보고 깜짝 놀랐다. 아버지 조원의 소실이었던 이옥봉의 생사를 모르는지 벌써 40 여년이 지났는데 그 곳에서 옥봉시집을 보았기 때문이다. 원로대신이 들려준 이

---

84) 趙瑗·趙希逸·趙錫馨, 『嘉林世稿』, 부록편.

야기로는 중국 동해안에 흉측한 몰골의 시체가 떠다녀서 건져 보니 온몸을 종이로 수백겹 감고 노끈으로 묶은 여자의 시체였으며, 안 쪽의 종이에는 시가 빽빽이 적혀있었다. 그리고 "해동 조선국 승지 조원의 첩 이옥봉"이라 씌어 있었다. 시 작품이 워낙 뛰어나서 책을 만들었다고 전했다.[85]

조선 명종 때 왕족의 후예인 이봉의 서녀로 태어난 옥봉은 어려서부터 시문에 뛰어났다. 옥봉은 신분 때문에 첩살이밖에 할 수 없는 처지를 한탄하며 서울로 올라와 선비들과 어울리게 되자 시귀나 짓는 선비라면 옥봉을 모르는 사람이 없을 정도가 되었다. 그러다 조원을 사랑하게 되어 첩실이 되겠다고 자청했다. 조원은 옥봉을 받아들이는 대신 여인이 시를 짓는 건 지아비의 얼굴을 깎아내리는 일이니 앞으로는 절대 시를 짓지 않겠다고 맹세하라 했다. 첩살이가 싫어 서울로 올라온 옥봉이었지만 조원을 진정으로 사랑했기 때문에 첩실이 되겠다고 자청했을 뿐만 아니라, 시 쓰는 일도 포기하겠다고 맹세했다. 사랑하는 남자를 지아비로 모셨으니 더 이상 삶의 허망함과 슬픔을 시로 읊을 필요가 없으리라고 생각했기 때문이었다. 그러나 운명은 시인 옥봉을 그냥 두지 않았다. 시를 쓰는 뛰어난 재주를 가진 옥봉에게 운명은 시를 쓰라고 강요했다. 그것은 옥봉이 다시 고독과 슬픔의 인생을 걷게 되었다는 것을 뜻하는데 사연은 다음과 같다.

---

85) 趙瑗·趙希逸·趙錫馨, 『嘉林世稿』, 부록편.

세월이 흐른 후 어느 날 조원 집안의 산지기 아내가 찾아와 남편이 소도둑 누명을 쓰고 잡혀갔으니 조원과 친분이 두터운 파주 목사에게 손을 좀 써 달라 하소연했다. 옥봉은 파주 목사에게 '첩의 몸은 직녀가 아닙니다. 그런데 어찌 남편이 견우일 수 있겠습니까(妾身非織女 郎豈是牽牛)'라고 소장(訴狀)을 써 주었는데 목사가 보고 기이하게 생각하여 마침내 석방했다는 이야기가 전한다.[86] 그러나 산지기는 무사히 풀려났으나 "약속을 지키지 않는 여자와는 살 수 없다"며 조원이 옥봉을 쫓아냈다. 뚝섬 근처에 방을 얻어 지내며 옥봉은 조원의 마음을 돌려 보려 애썼으나 허사였다고 는 일화가 어디까지가 진실인지는 알기 어려우나 조선시대를 살아온 여성들의 한이 무엇에서 비롯하는가 하는 점을 알 수 있을 것 같다. 평생을 기다림과 그리움으로 살아야 했던 옥봉의 시 가운데 한 편만 더 읽어보자.

> 평생의 이별 뼈저린 한이 되어
> 끝내는 병으로 도졌으니,
> 술로도 달래지 못하고
> 약으로도 못고치네.
> 얼음 속을 흐르는 물처럼
> 이불 속에서만 눈물 흘렸으니,
> 밤낮으로 적셔 내렸다지만
> 그 누가 알아줄꺼나.

---

86) 李睟光,『芝峰類說』.

平生離恨成身病
酒不能療藥不治
衾裏淚如氷下水
日夜長流人不知

외로운 여인의 마음(閨情) - 허경진 역

이 시를 통해서 기방의 여성이나 한 남자의 소실은 늘 이별하고 기다리면서 살아왔다는 것을 알 수 있다. 정상적인 남녀관계가 아니기 때문에 상대편 남성은 언제나 잠시 왔다가 떠나간다. 그리고 위 시 속의 화자처럼 여성은 늘 기다리며 살아가야 하는 삶이기 때문에 이들 문학의 주제가 그리움과 기다림인 것은 당연지사일 수밖에 없었던 것이다. 그래서 이 시의 화자인 옥봉은 평생 동안 있어온 이별 때문에 술로도 달래지 못하고, 약으로도 고칠 수 없었다는 솔직한 심정을 위 시에서 그대로 표현하였다.

운명은 조원과의 약속을 지키고자 참았던 옥봉의 시심을 다시 자극할 수밖에 없었던 것이다. 그렇게 슬픔으로 썼던 시들을 온몸에 칭칭 감고 죽어 중국 해안에서 발견돼 옥봉의 시가 다시 태어나게 되었다 하니 이것도 시를 떨칠 수 없던 그의 운명 때문이었을 것이다. 『증보문헌비고』(增補文獻備考)나 『가림세고』(嘉林世稿)『죽음집』(竹陰集) 등에 전하는 이 이야기들은 한 조선의 시인이자 여성이 겪어야 했던 엄혹한 사회 현실을 기막히게 전해준다.

5. 맺음말

엄격한 유교사회였던 조선시대 여성 가운데서도 기녀라는 특수한 직업의 여성들은 문예를 다듬어 자신의 감성과 생각을 표출할 수 있는, 그 시대로 본다면 자유로운 사고의 소유자들이었다. 이 들 가운데 좋은 작품이 나올 수 있었던 것도 유교적 논리에서 벗어날 수 있었던 자유로운 사고와 상상력이 있었기 때문일 것이다. 다시 말해서 양반들과는 달리 유교적 이념과 신분적 제약을 벗어날 수 있었기 때문에 가능했던 것이다. 이런 점에서 본다면 체면을 중시하던 양반들의 문학에 비하여, 자유분방한 사고를 거침없이 작품 속에 담을 수 있었던 것은 기녀라는 천한 신분이 주었던 아이러니가 아닐 수 없다.

이 글에서는 조선 중기의 기방시인 세 명을 중심으로 그들의 삶과, 시를 조명해 보았다. 이들의 처지는 사랑하는 사람을 언제나 기다려야 하는 숙명적인 삶을 살아가야 하는 사람들이기 때문에 시 작품 속에서도 그러한 내용을 담을 수밖에 없었을 것이다. 그러므로 이들 작품의 그리움과 기다림이라는 공통된 주제는 기방문학의 특성상 필연적인 결과였다고 본다. 물론 황진이 같은 시인은 기다림이라는 소극적인 자세의 시조 외에도 〈동짓달 기나긴 밤~〉과 같은 시조에서 보이듯이 적극적이고 활달한 자기 세계를 작품 속에 담기도 했지만 그것은 황진이라는 시인만이 가진 독특한 모습이었다고 생각한다. 조선시대는 대부분의 여성들이 한의 정서를 담고 살아갈 수밖에 없던 사회였기 때문에 적극적이고 주체적인 모습을 작품 속에 담는 것은 거의 불가능한 사회였다고 본다. 그러므로 이 글에서 서술했던 시인들처럼 기방시인들의 시가 대부분 '그리움'과 '기다림'이라는 공통성을 지닌 것은 어쩌면 불가피한 현상이라고 하지 않을 수 없다.

참고문헌

자료집

허 균, 『허균전집』, 성균관대학교 대동문화연구원, 1981. 『한정록』,
　　　솔출판사, 1997.

허 봉, 『하곡집』

허난설헌, 『난설헌집』

김명희, 『허부인 난설헌 시 새로읽기』, 이회, 2002.

김 억, 『꽃다발』, 박문서관, 1944.

『대동야승』, 민족문화추진회, 1900.

『동문선』, 민족문화추진회, 1900.

심수경, 『견한잡록』

어숙권, 『패관잡기』

오명제편, 기부경교주, 『조선시선교주』, 요녕민족출판사, 1999.

오해인, 『난설헌시집』, 로출판, 1987.

이긍익 『연려실기술』, 민족문화추진회, 1967.

이매창, 『매창집』

이수광, 『지봉유설』

장정룡, 양언석역, 『허씨오문장가한시국역집』, 강릉시, 2000.

조석형, 『가림세고』

최달순역, 『삼당시』, 태학사, 1999.

논 저

강명관, 〈고전시학과 패러디〉, 『한국 현대시와 패러디』, 현대미학사, 1996.

구지현, 〈쇄미록에서 발견된 허난설헌 시에 대하여〉, 『열상고전연구』 14권, 2001.

김명희, 『허난설헌의 문학』, 집문당, 1987. 『소설헌 허경란의 시와 문학』, 국학자료원, 2000.

김성남, 『허난설헌시연구』, 소명출판, 2002. 『허난설헌』, 동문선, 2003.

김용숙, 『조선여류문학 연구』, 숙대출판부, 1970. 〈규원과 별한고〉, 『아세아여성연구』,

나까이겐지, 허미자역, 『허난설헌 한시의세계』, 국학자료원, 2003.

정끝별, 『패러디 시학』, 문학세계사, 1997.

류성준, 『중국성당시론』, 푸른사상, 2003.

박성의, 『한국문학배경연구 상·하』, 이우출판사, 1980.

박영호, 『허균문학과 도교사상』, 태학사, 1999.

박현규, 〈허난설헌의 또 하나의 중국 간행본 『聚沙元倡』〉, 『한국한문학 연구』 26집, 한 국한문학회2000.

　　　〈명 오명제 『조선시선』의 문헌 정리〉, 『미국학논집』1권, 1997. 순천향대학교 인문과학연구소

안대회, 『한국한시의 분석과 시각』, 연세대출판부, 2000.

조창환, 〈황진이·이매창의 시조와 한시〉, 『인문논총』제 6집, 아주대학교, 1995.

아세아여성문제연구소, 『이조여성연구』, 숙명여대 아세아여성문제연구소, 1976.

이가원저, 허경진옮김, 『유교반도 허균』, 연세대출판부, 2000.

이성무, 『조선시대 당쟁사 1, 2』, 동방미디어, 2002.

이순구, 〈조선초기 주자학의 보급과 여성의 사회적 지위〉, 한국정신문화연구원, 1984.

이신복, 〈한국기류문학연구〉, 『논문집』 11집, 단국대학교, 1977.

정 민, 〈16, 7세기 遊仙詩의 자료개관과 출현동인〉, 『학국도교사상의 이해』, 한국도교사 상연구회. 1990.

　　　〈유선문학의 서사구조와 갈등층위〉, 『한국도교와 도교사상』, 1991.

전성경, 〈중국내 『조선시선』 유행의 문학배경〉, 『아시아문화연구』 6집, 경원대아시아문 화연구소, 2002.

차용주, 『허균연구』, 경인문화사, 1998.

최경창, 백광훈, 이달 저, 조달순 역, 『삼당시』, 태학사, 1999.

최홍기외, 『조선전기 가부장제와 여성』, 아카넷, 2004.

허경진, 『허균평전』, 돌베개, 2002.
    〈『조선시선』이 편집되고 조선에 소개된 과정〉, 『아시아문화연구』6집, 경원대 아시아문화연구소, 2002.
    『매창시선』, 평민사, 1991.
    『옥봉·죽서 시선』, 평민사, 1997.

황유복, 〈『조선시선』편집출판배경연구〉, 『아시아문화연구』 6집, 경원대 아시아문화연구 소, 2002.

허미자, 『허난설헌연구』, 성신여대출판부, 1984.

한국고문서학회, 『조선시대 생활사』, 역사비평사, 1996.

한국여성연구소, 『우리 여성의 역사』, 청년사, 1999.

한국정신문화원, 『한국인물대사전』, 중앙 M&B, 1999.

· 저자 ·

조평환   건국대학교 국어국문학과와 동대학원을 졸업하
         고 문학박사 학위를 받았다.
         현재 건국대학교 교수로 재직중이다.
         주요 저서로는 『원전고전시가정선』, 『향가의
         배경론적 연구』 외 다수 있다.

박혜숙   건국대학교 국어국문학과와 동대학원을 졸업하
         고 문학박사 학위를 받았다.
         현재 건국대학교 교수로 재직중이다.
         주요 저서로는 『백석』, 『한국문학의 비평적
         성찰』, 『허난설헌 평전』 외 다수 있다.

조선시대 여성시인 연구

· 초판 인쇄	2005년 5월 20일
· 초판 발행	2005년 5월 20일
· 지 은 이	조평환 · 박혜숙
· 펴 낸 이	채종준
· 펴 낸 곳	한국학술정보㈜
	경기도 파주시 교하읍 문발리 526-2
	파주출판문화정보산업단지
	전화 031) 908-3181(대표) · 팩스 031) 908-3189
	홈페이지 http://www.kstudy.com
	e-mail(e-Book사업부) ebook@kstudy.com
· 등 록	제일산-115호(2000. 6. 19)
· 가 격	10,000원

ISBN   89-534-4152-8 93810 (Paper Book)
        89-534-4153-6 98810 (e-Book)